GOBOOKS
& SITAK
GROUP©

GOBOOKS
& SITAK
GROUP©

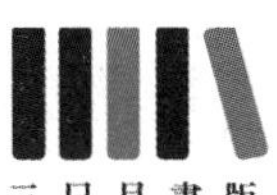
三日月書版

三日月書版

おはよう，幽霊のお嬢さん
早安，幽靈小姐
輕世代
FW174
VOLUME
2
LOVELOVE
萌芽中
水果布丁
Illust arico
三日月書版

早安，幽靈小姐
おはよう，幽霊のお嬢さん
Characters
保護寵物不被超渡是主人的義務。
Super Idol
莫榛
男主角，180cm，高傲不可一世的人氣明星，其實內心很保守，所以不輕易靠近別人。
Good Morning

Miss Phantom
阿遙
女主角，158cm，身材纖細，
性格活潑，因受傷昏迷而靈魂脫
體，目前為幽靈狀態。
因失去記憶，名字是從莫榛專輯名稱
「遙不可及」而來。
Phantom
守護主人的貞操是寵物的使命！

Morning
早安，幽靈小姐
おはよう，幽霊のお嬢さん
tom

contents

第二十三章 閨蜜 011
第二十四章 失蹤 021
第二十五章 破獲 031
第二十六章 朋友 039
第二十七章 錦旗 049
第二十八章 刺激 059
第二十九章 身分 071
第三十章 失眠 081
第三十一章 師父 093
第三十二章 桃花 103
第三十三章 旅行 115
第三十四章 戀愛 125
第三十五章 眼睛 137
第三十六章 再見 149
第三十七章 甦醒 161
第三十八章 記憶 173
第三十九章 FB 185
第四十章 表白 197
第四十一章 重逢 217
第四十二章 真相 229
第四十三章 上映 241

Miss Phar

第二十三章

閨蜜

莫榛這則貼文什麼都沒說，只發了一張小貓的照片，但眼尖的粉絲還是看出了端倪。

「啊！我想起來了，這是榛子家裡的沙發！他以前發文的時候貼過。」

「男神什麼時候養了一隻貓？好萌！」

「人家也想當男神家的貓（羞）」

「等等，有人記得貞子說的話嗎！」

「論壇」和「貞子」兩個詞敏感地戳中了莫榛的神經，他看了一眼還在沙發上睡覺的阿遙，走到桌前打開電腦。

調出網頁紀錄，果然是一整排海角論壇的網址。

在心裡冷笑一聲，莫榛隨手點了一個紀錄，很快便看見「你們的男神一點愛心都沒有，你們知道他虐待小動物嗎！」這則留言。

瞥了一眼ＩＤ，果然是貞子。

關掉這個網頁，莫榛把紀錄裡的所有網址都點了一次。不出所料，全都有貞子的回覆，而且內容全都一模一樣。

莫榛都有點被她執著的精神感動了。

很好，等她醒來，他會好好地實行「虐待小動物」這件事。

深吸一口氣，關上電腦，他打算先上二樓洗澡。

變成貓後，一點點走動聲都能吵醒阿遙，她懶洋洋地喵了一聲，看見莫榛的背影消失在樓梯口。

從沙發上跳下，邁著輕盈的步伐往二樓去，只見臥室的門虛掩著，從門縫中擠進去，剛好看到莫榛拿著睡衣準備洗澡。

「喵～」阿遙輕輕地叫了一聲。

聽到聲音，莫榛低頭看了一眼，放下手中睡衣，彎腰將她抱了起來。

「喵喵～」也許是莫榛主動親近激勵了她，她叫得比剛才更勤了。嘿嘿，說不定今晚可以藉著貓的形態，正式入侵榛榛房間！

莫榛對著她笑了笑，抱著她走到門口，放在地上，關門上鎖。

「……」這是怎麼回事！

看著眼前緊閉的房門，阿遙覺得很絕望。論壇的人欺負她，版主還封她I

P，居然連榛榛都把她關在門外，生活怎麼如此艱難！

「喵喵喵喵！」阿遙拚命地用指甲刮門，恨不得在上面留下幾道爪印。無奈剛修剪過的指甲沒有任何殺傷力，她只能通過憤怒的叫聲來發洩心中不滿。門裡的莫榛對外頭的吵鬧充耳不聞，不是說他虐待小動物嗎？就來虐待一下吧，正好坐實壞主人身分。

與此同時，海角論壇上也十分熱鬧。

「你們看到榛子的貼文了嗎？他真的在家養了一隻貓啊！小黑屋裡的貞子，妳還好嗎！」

「看見了，我可以說那隻小黑貓很萌嗎（羞）」

「樓主貼圖啊，沒圖沒真相。」

「剛才一時激動忘記貼圖了【圖片】」

「所以貞子是冤枉的？」

「不，就算男神養了貓也不代表他虐待小動物啊，而且看那張圖也知道小貓很健康吧？」

「呵呵，可能虐的不是這隻啊，你又知道他養了幾隻小動物？」

「看樓上帶風向帶得如此認真，想必是從隔壁論壇混進來的間諜吧？」

「先別岔題啊！難道只有我一個人好奇為什麼貞子知道棒子有養貓嗎？喔喔念起來好繞口。」

「樓上妳不是一個人！我記得水果布丁事件時，有人說其實貞子才是棒子的助理。」

「你們的意思是，我們把棒子的助理關進小黑屋了？」

「版主大大會不會被查水表？」

「點香祈禱。」

「這種時候請點讚。」

「……」版主大人陳清揚關上手機，放了張百元鈔到自動販賣機裡。從取物口裡拿出兩罐牛奶，愁眉不展地走進了A市中心醫院。

天啊，她不會真的被查水表吧？

她好久沒有擋人IP了，難得出手一次，就誤傷了莫天王的助理？

真讓人忐忑不安。

和她一樣忐忑的還有海角論壇上的眾多粉絲們。自從這次事件後，貞子是榛子助理的傳聞就在網路上瘋狂流傳。不少網友興奮地在論壇上等著貞子回來，準備第一時間打好關係，外加探口風。可是等啊等，好幾個月過去，貞子都沒再出現過。

不過這都是後話了。

走到病房門口，透過門上小窗往病房裡瞅了瞅，陳清揚的秀眉幾不可見地動了動。

「向先生，這麼晚還沒走啊？」笑嘻嘻地推開房門走入，她順手將一罐牛奶丟給來探病的向雲澤。

牛奶是冰的，鐵罐上還浮著一層薄薄的水珠。向雲澤接過牛奶，一股涼意便從手心傳來，「因為我算到會有美女來送吃的，所以故意留到現在。」拉開牛奶的拉環，對著她笑了笑。

陳清揚嘁了一聲，也走到病床邊坐下，「不是我要說，向先生，以大力低下的智商，你不明確告訴她你喜歡她，她是感覺不出來的。」

正準備喝牛奶的向雲澤頓了頓動作，他本來想等到她畢業再說的，沒想到回來後卻變成這樣。

「我這段時間說過很多次了，不知道她有沒有聽見，還有不要叫她大力。」

「她本來就很大力啊！她大學的時候……算了，不說了。」陳清揚也喝了一口牛奶，及時地住了嘴。

要是繼續說下去，這位向先生肯定又要傷心了。

作為黎顏的大學同學兼室友，陳清揚也聽她提過幾次向雲澤的名字，不過出現的方式通常都是「雲澤哥哥」——這是黎顏小時候對向雲澤的稱呼，到現在都沒改過來。看這個樣子，她是準備一輩子都叫他哥哥了，不過這話陳清揚忍住了沒有說出口。

陳清揚是個典型的文學少女，父親是某文學雜誌的編輯，母親是舞蹈演員，她從小就接受了不少藝術薰陶，就連她的名字都是取自詩經的「有美一人，清揚婉兮」。

陳爸爸希望自己的女兒成為一位溫婉嫻靜的女子，可是他沒想到，女兒不僅離溫婉這條路越來越遠，就連嫻靜也被拋到世界盡頭去了。

好在她底子不錯，小學時寫作文就能篇篇被老師拿上臺朗讀，中學時參加作文大賽，一不小心得了第一名，大學時成功跟文學網站簽約，成了一名網路作家。

嗯，果然還是跑偏了。

除了寫作，她還有一個愛好，就是莫榛。說她是莫榛的腦殘粉都不足以表達她心中的愛意。

當上了論壇版主後，陳清揚覺得自己像離莫天王進了一步。可是最近總有人來找麻煩，尤其是那個叫貞子的，最好別被她查出來是誰！

「清揚，在想什麼呢？」見陳清揚喝了一口牛奶後，就陷入了沉思，向雲澤忍不住問了一句。

聽到他的問話，陳清揚吸了口氣，穩住情緒道：「其實我剛剛是想，大力她老是不醒，說不定是因為她需要的並不是醫院治療，而是王子的吻。」

「……」如果不是知道對方是黎顏的好朋友，他應該會報警。

「向先生不要介意地上吧，大力醒來後，我絕對不會告訴她是你吻了她的。」向雲澤將手中的牛奶喝光，讚嘆道：「不愧是寫小說的，想像力果然很豐富。」

「我就當這句話是稱讚了。」一口氣將牛奶喝完，陳清揚從床邊站起，「那我先回去了。向先生，你也早點回去休息吧。」

接過向雲澤手中的空罐子，拿到病房外面的回收桶丟。帶上門時，陳清揚又向病房門口瞥了一眼，怎麼辦，好想偷看一下，向先生會不會偷親大力啊！

很可惜，雖然對方看起來很花，但也不會隨便趁人之危。所以她看了一下，發現裡頭沒半點動靜，就乖乖回家去了。

的確，在她離開後，向雲澤仍然沒有偷親黎顏，而是打了一通電話給莫榛。

莫榛剛用小魚乾把阿遙餵飽，桌上手機就震動了起來。看了一眼來電顯示，他接起電話，「怎麼了？」

「沒事，就是想問問你家的小貓還活著嗎？連仙人掌都能養死的人，讓人很不放心啊。」

「……」這傢伙一直在看他的狀態嗎？

「向博士，我真的懷疑你在暗戀我。」

「你現在才懷疑？早在國二那年，我為了你單挑高中部不良少年的時候，你就該懷疑了。」

……經他這麼一說，真的滿可疑的。

「所以你是專程打來表白的嗎？」趕快掛電話好不好，他還想用小魚乾逗一下他家寵物。

向雲澤低笑一聲，怎麼今天每個人都在叫他表白？「我想約你明天吃飯，有空嗎？」

「吃飯的時候跟我表白？」

「……再見。」

掛斷電話，沒過一會兒，他就收到莫榛的簡訊。

「明天下午六點，凱旋門見。」

第二十四章 失蹤

凱旋門是一間雜貨店的名字——十年前，它確實還是一間雜貨店。

之所以叫凱旋門，是因為那年向雲澤帶著莫榛打贏了隔壁高中的不良少年後，在這裡買了兩根冰棒。

時光荏苒，現在這雜貨店已經不復存在，就連莫榛和向雲澤的母校也搬到了別處。

後來這塊地被一個大老闆買下，蓋了一間高級餐廳，而學校旁邊的雜貨店，如今大概是餐廳裡的……廁所？

莫榛到達凱旋門時，剛好五點五十分，門口的服務生在看見他，眼眸明顯亮了亮，對他禮貌性地一笑。

「莫先生，向先生已經到了，在九樓的包廂等您。」

莫榛摘下墨鏡，對她點了點頭，算是知道了。

這家餐廳七樓以上都是ＶＩＰ包間，莫榛上了九樓後，又有專門帶客人到包廂的服務生前來。

兩人訂的包廂在走廊最尾端，莫榛推開包廂門時，見向雲澤正低頭玩著手機，他笑著走到對面坐下。

「向博士，我今天沒有更新FB。」

向雲澤抬頭看了他一眼，也對著他笑了笑，「太好了，這樣我就可以放心地看FB了。」

「……」那你就不要追著我的動態不放啊！

向雲澤笑著滑了一下螢幕，又有幾條新狀態跳了出來，「莫天王，你聽過一個叫水煮檸檬的人嗎？」

「水煮檸檬？」他仔細想了想，「是不是一個網路作家？」

「你竟然知道？」向雲澤饒有興趣地繼續追問，「你該不會看過她的小說吧？」

「我姐的書櫃上有好幾本她的書。」莫榛扯了扯嘴角，「怎麼，難道你是她的粉絲？」

「不是，她是黎顏的朋友，我經常在醫院看見她。」向雲澤一邊說著，一邊將手機放回口袋裡，「她的粉絲團滿好笑的，你有興趣的話也可以看看。」

莫榛揚了揚眉，黎家那個女孩，好友一向是藏著掖著的，現在怎麼這麼大方的告訴自己她的全名？

「雲澤，你該不會是移情別戀了吧？」對象就是那個水煮檸檬。

聞言，向雲澤瞪大了眼，張嘴想解釋什麼，包廂門就被敲響了兩下。

「請進。」向雲澤對著門口說了一聲，一名穿著旗袍的服務生動作輕柔地走進來。「不好意思，請問可以上菜了嗎？」

向雲澤點了點頭，門口的服務生便朝外面小聲地說了什麼，很快就有另外兩名服務生端著盤子走進來，還不約而同地選擇從莫榛那側上菜。

見此情況，向雲澤笑了笑沒有多說話，莫榛也只是專心地研究菜色。

這家餐廳的菜以精緻聞名，每道菜的分量雖不多，但道道都是藝術品。這個時間點正是用餐的尖峰期，可是上菜速度卻如此快，想必是向雲澤早早處理好了一切。

掃視一圈菜色，幾乎都是自己愛吃的，莫榛忍不住挑了挑眉，看著好友道：「你在美國就是這麼追女孩子的？」

向雲澤朝他眨了眨眼，半真半假地問道：「如果我這麼追你，你會接受嗎？」

兩名服務員上菜的手同時一頓，她們……是不是聽到什麼不該聽的？

秉著非禮勿聽的原則，兩名服務員的上菜速度明顯比剛才快了不少。莫榛和向雲澤只有兩個人，向雲澤總共點了七菜一湯，服務生的工作很快就結束。

「向先生，您點的菜上齊了，兩位請慢用。」

關上門後，幾位服務生沒有走遠，而是站在包廂外，隨時聽候差遣。最重要的是，這樣才方便偷聽。

莫榛最喜歡吃這裡的香酥小魚，連骨頭都炸得酥脆，吃起來完全不費力。他夾了一條小魚到碗裡，問向雲澤道：「能再點一份嗎？」

向雲澤看著他，突然有些忍俊不禁，「莫榛，你還是喜歡小孩子愛吃的東西。」

抬眸瞥了好友一眼，莫榛辯駁道：「咳咳，我是準備打包帶回去給我家的小貓吃。」

向雲澤的桃花眼一眨，語氣中帶著淡淡的戲謔，「你什麼時候變得這麼有愛心了？」據他記憶，莫榛向來最怕麻煩，養個花花草草都懶得澆水，更不用說小貓了。

莫榛嘴裡含著一條小魚，直接用吃來敷衍對方的疑問。

對此，向雲澤也沒再追問，照他的要求又點了一份香酥小魚，只是在心裡默默想著他如此反常是怎麼回事。

吃到半飽的時候，莫榛覺得可以談正事了。

「所以今天找我有什麼事？」

向雲澤停下筷子，拿起放在手邊的紙巾，擦了擦嘴，口氣比剛才正經不少，「我打算回美國一趟。」

莫榛聞言，微微一愣，「和黎家的小姑娘有關？」

「我和美國的幾個朋友聯繫過，他們說不定有治療黎顏的方法。」向雲澤點點頭。

莫榛皺起眉頭，本來想說些什麼，但看好友的眼神中透出堅定，最終也只說了聲好。

這頓飯吃到七點，莫榛提著餐廳特意為他打包的小魚，和向雲澤一起往電梯間去。

電梯門打開時，裡面站著兩個年輕女人，正在小聲地交談。看見電梯外的莫榛時，兩人都愣了一瞬，才禮貌地朝他點了點頭。

向雲澤已經習慣這種場面，冷靜地抬腳進電梯，莫榛則跟在他身後，順手按了關上。

電梯裡安靜了一會兒，兩個女人又繼續聊起剛才被打斷的話題。聲音雖然不大，但在封閉的空間裡還是聽得清清楚楚。

「我昨天晚上也聽見了，真是嚇死我了！」像是為了營造恐怖氣氛，女人刻意壓低的聲音裡透著絲絲寒意，「就在經過音樂噴泉時，我還以為是維納斯開口說話了！」

莫榛的眉峰動了動，不動聲色地聽著談話。

「我也聽我姐姐說了，你們住的別墅區本來就偏僻，現在天黑以後她都不敢開車回家了。」另一個女人的聲音比她朋友尖細些，卻也帶著緊張感，「而且她說最近社區一直有貓失蹤，她家的雪球前幾天也不見了。警察說可能是最近猖獗的虐貓集團做的，但我姐說一定是鬼怪作祟。」

「不要說了，我雞皮疙瘩都起來了！」女人的聲音剛落，電梯門就打了開來。出於紳士精神，向雲澤和莫榛同時側了側身，讓兩位女士先出去。

兩人在經過他們身邊時笑著說了聲謝謝，向雲澤看了莫榛一眼，才抬腳走出電梯。

「有維納斯雕像的音樂噴泉，不就是你住的別墅區？」兩人並肩走在前往停車場的路上，看著那兩個女人朝反方向走去，才轉頭問身旁的莫榛。

「嗯。」莫榛的臉色不太好，自從阿遙住進來後，他幾乎都在天黑前準時回家，根本不知道那個社區傳出鬧鬼消息。

雖然說，阿遙本身就是個靈異現象沒錯。

不算他家那一隻，更令人擔心的是，警察提到的虐貓集團。

「雲澤，我先回去了。」說完，他加快腳步去開車。

向雲澤才想叫住他，想跟他一起回去看看，手機就響了起來，螢幕顯示是陳清揚。

平時沒事她是不會打來的，挑這個時間點給他電話，多半是黎顏出了什麼事！

放慢了追趕莫榛的步伐，向雲澤在走廊邊停下，接起電話，「什麼事？」

「向先生，方醫生說大力的情況不太對，具體我也搞不清楚，總之你快點來醫院一趟！」

陳清揚的語速很快，聲音裡都透著一股明顯的焦急。

向雲澤皺了皺眉頭，對電話那頭道：「我馬上過去。」

掛斷電話，再抬頭朝走廊上看了看，莫榛早已不見人影。想想他那邊應該不會有大事才對，向雲澤決定先去醫院看看，再聯絡他問問情況。

莫榛直奔別墅區，前後不過半個小時，就已經回到了家裡的車庫。之前他一到家，阿遙就會跑著撲上來，可是今天打開門後，卻沒看見小貓諂媚的身影。

手不自覺地握拳，連鞋子都來不及脫，就四處找起了阿遙。平時阿遙喜歡趴

著曬太陽的地方空空如也，就連桌上的電腦也還是他出門時的樣子。

莫榛走到廚房，打開冰箱門對著裡面喚了聲，「阿遙？」

沒有反應，看來她還沒有蠢到跑進冰箱裡。

她到底去了哪裡？

電梯裡的對話迴盪在耳邊，一股不好的預感油然而生。

第二十五章

破獲

肯斯尼莊園的老闆是一名歸國華僑，他憑著自己精準的眼光和高超的口才，說服了A市一半的富商入股自己的專案，蓋了一棟又一棟的高級別墅。

莫榛會買這裡的房子，完全是因為老闆說自己的女兒是他的鐵粉，肯斯尼的內部裝潢都是她親自設計的，如果莫榛肯住進來，不僅房價打五折，還送他一個小花園。

不論是誰，聽了這些條件，不心動也難。何況莫榛確實很喜歡肯斯尼莊園的內部裝潢，在一些細節的處理上也表現出他們相當重視住戶的隱私，這一點是他最需要的。

現在他卻覺得這功能爛透了，因為非常不利於消息流通。如果早點聽說貓走失和鬧鬼的事，他就不會把阿遙一個人留在家裡了。

拿上手機和鑰匙，他準備在附近找找。

出門的時候，他總算想起來門口的紅色郵筒，這不是用來收信的，而是肯斯尼的物業管理組會定時發些通知函，比如說維修、清掃等。

郵筒裡躺著三封通知，其中兩封都是無關緊要的東西，而最後一封是物業組告知住戶最近連續發生貓失蹤的事件，提醒大家看好家中貓咪。

莫榛看了看日期，是一週前投遞的，煩躁地將信函又塞回郵筒中。他實在想不透，這個社區的保全措施明明相當完善，那些失蹤的貓，到底是怎麼無聲無息地被偷走的？

想到這裡，他拿出手機打給物業管理組，想查查自己房子附近的監視錄影畫面。

肯斯尼保全小隊的小隊長在接到通知後，命人迅速地將監控室打掃一次，還泡了壺上好的茶，恭候莫天王大駕。

這段時間已經接到過好幾通投訴電話了，都說自己家的貓失蹤，要來查監視錄影畫面。今天連莫天王都來了……到底是誰這麼可惡，連天王的貓都敢偷！

等莫榛一到監控室，小隊長便調出今天的紀錄影片。

下午六點五十七分，一隻小黑貓從莫榛家中跑出來，然後一路奔出了肯斯尼莊園的大門，再然後……跑出了監視範圍外。

小隊長看莫榛的臉色越來越陰沉，小心翼翼地吞了口水道：「莫、莫天王，

這幾天有好幾戶來查紀錄，他們家的貓也都是自己跑出去的。」

他實在搞不懂，這些貓都怎麼了，好好的別墅不待，竟然集體離家出走！更可恨的是，有戶主報了警，他們一聽到警察提到「虐貓集團」，就更加緊張，鬧得人心惶惶。

看完監視器畫面後，莫榛沒有理會小隊長，一言不發地走出了監控室。

根據影片紀錄，阿遙是朝著對面的荒山去，雖然不知道其他人家裡的貓為什麼要跑走，但阿遙是絕不會擅自離開的，中間一定發生了什麼事。

莫榛出了肯斯尼莊園的大門，徑直朝對面的荒山去。

荒山中除了枯枝和雜草，還有一個廢棄的倉庫。倉庫修建得很隱蔽，要不是前些年向雲澤硬拉著他來這座荒山探險，他也不會知道這裡有間倉庫。

莫榛不知道這個倉庫原先是做什麼的，但是既然阿遙往這邊跑，就有到倉庫去的可能。

天已經開始黑了，如果今晚找不到阿遙，只能請警察來幫忙了。

越是近倉庫，空氣中飄來的血腥味就越濃，偶爾還能在地上看見一小灘疑似

乾涸的血漬。

莫榛停下腳步，皺著眉頭想了想，在地上找了一根比較順手的木棍，才往倉庫虛掩著的鐵門走去。

輕輕地推開倉庫大門，一股濃郁的血腥味撲面而來，莫榛下意識地緊張起來。倉庫裡很暗，只有上方的窗戶透進淡淡的亮光。莫榛抬腳往裡走了幾步，便看見了一隻小貓的屍體。

心頭突地一跳，他雖然不忍多看那具貓屍一眼，但還是辨認了一下，不是阿遙。

稍稍鬆了口氣，莫榛繼續往裡面走。一路上又看見幾具小貓的屍體，他抓著木棍的手越握越緊。

倉庫裡一直很安靜，應該沒有人在。莫榛繞過一個木箱子後，被眼前的畫面嚇得愣在原地。

地板上躺著幾個年輕男女，慘澹的月光透過窗戶映在他們身上，沒有半點聲息，就像是一具具屍體。

莫榛抿了抿唇，四處看了看，朝著身後堆積的木箱輕喚一聲：「阿遙！」

「喵！」一隻小黑貓的身影出現在木箱上，看見下面站著的人後，靈巧地縱身一躍，撲進了莫榛懷中。

「喵嗚～」阿遙撒嬌般地在他懷裡磨蹭。

莫榛仔細地將她檢查了一遍，身上沒有傷口，才問道：「妳沒事吧？」

「喵嗚～」阿遙被舉在半空中，四隻小爪子拚命晃著。

看她這麼有精神的模樣，應該是沒事。莫榛緊繃的神經終於放鬆，脫力般地靠在身後的木箱上。

阿遙還在喵喵叫，莫榛把她捧到自己面前，親了親她的鼻尖。只見阿遙瞪大了眼，下一刻就狂叫著往他懷裡鑽。

也許是她高興的貓叫聲音量太大，地上躺著的幾個人終於被吵醒了。

莫榛第一時間發現了地上的動靜，剛警惕地站直身體，外面就響起了警車的鳴笛聲。

警察們衝進來時，地上的人才剛爬起來，來不及逃走就全被逮個正著。

此時，其中一名警察跑到莫榛面前，不安地問道：「莫先生，您沒事吧？」

莫榛搖了搖頭，疑惑地看著他們，「你們怎麼知道我在這裡？」

對面的警察愣了一下，看著莫榛道：「莫先生，是您打電話報警的啊。」

莫榛一愣，「我？」

警察點點頭，心想這個該死的集團，把莫天王都嚇得神智不清了。

他報了一串數字，確實是莫榛的手機號碼。看了懷裡的阿遙一眼，莫榛頓時明白過來，點了點頭道：「抱歉，是我報的警沒錯。」

「沒關係，您的貓沒事吧？」關心完莫榛，警察連忙關心起他懷裡的小貓。

肯斯尼莊園裡的住戶都是A市有頭有臉的人物，他們的愛貓接二連三地失蹤，還牽扯到虐貓集團，警局壓力很大。

「喵嗚。」像是要回應警察的問題，阿遙晃了晃前爪，朝著警察叫了一聲。

警察下意識地伸手想摸摸小貓的腦袋，卻被牠主人射來的眼神阻止了。

乖乖地收回手，警察臉上露出了如釋重負的笑容，「莫先生，謝謝您協助偵破這起案件！」握了握莫榛的手，「以後不要再單獨行動了，這樣很危險。」

他能理解莫榛擔心自家小貓的心情，不過難保犯人不會做出危害他人生命安全的事。

「嗯，好……」莫榛含含糊糊地應了一聲。

好吧，他也不知道放倒這些人的是誰，不過阿遙一定知道，等回去以後再慢慢問。

警察跟莫榛做了簡單的筆錄，才帶著涉案人員離開。

抱著阿遙到家以後，把她往桌上一放，莫榛立刻逼問起來：「說吧，到底怎麼回事？」

「喵～」阿遙揮舞著爪子準備開電腦，屋裡卻突然響起了一個陌生女人的聲音。

「還是我來說吧。」

第二十六章

朋友

女人的聲音不大，聽起來還帶著幾分輕柔，卻嚇了莫榛一大跳——任誰突然在家裡聽到陌生人的聲音，都會嚇一跳吧。

「喵。」阿遙叫了一聲，放下正準備開機的貓爪，莫榛也朝女人的方向望了過去。

其實他覺得用女人來形容不是很貼切，因為不會有女人是飄在半空中的。

他突然覺得頭痛起來了。

本以為看見阿遙只是個意外，畢竟這麼久以來，除了阿遙，他沒再見過其他鬼魂。現在又憑空冒出來一隻女鬼，他真的懷疑是不是師父的符咒過期限了。

「嗨，莫先生。」女人出聲打斷他的思緒，他抬起頭來看了女人一眼，後者正輕飄飄地浮在空中，饒有興致地朝自己招手。

「喵喵喵喵喵喵喵～」阿遙跳到女人前面，拚命地想跟莫榛說什麼，看樣子似乎是在介紹她。

莫榛抿了抿嘴角，對阿遙道：「說人話。」

「噗。」他的話引來女人一聲輕笑，她彎下腰來看著阿遙，眼角彎彎好似月

牙，「我不是教妳怎麼從貓身上出來了嗎？」

「喵嗚！」一語驚醒夢中貓。

只見阿遙眼睛一亮，四條小短腿嚴肅地立在桌上，接著……在桌上滾了一圈。

「……」對這個行為，莫榛無言了，是故意要逗他笑才做的舉動嗎？

過了幾分鐘，耳邊就傳來了一句深情的呼喊：「我出來了！」

莫榛側過頭，看見了那抹熟悉的身影——藏青色的洋裝，及腰的黑長髮，髮尾微捲。

「榛榛，我終於出來了！」阿遙興奮地飄到他面前，手舞足蹈地圍著他飄了一圈。

莫榛的嘴角抽了抽，看著停在面前的笨女鬼，認真道：「出來了就好好做人，不要再進去了。」

「……」這句臺詞真的是用在這種地方的嗎？榛榛是不是跳戲了？

「哈哈哈！」陌生女人捂著肚子誇張地笑了起來，莫榛相信要是鬼能流淚的

話，她的眼角上一定全是晶瑩的淚花。

「喵。」一聲微弱的貓叫聲傳來，那隻被阿遙附身的小黑貓悠悠轉醒，搖搖晃晃地站了起來。

阿遙看牠站不穩的樣子，於心不忍地湊上前，「榛榛，小貓好可憐啊，我們再養牠一段時間吧。」

說實話，以莫榛懶得操心的性格，如果阿遙已經不在貓身上了，他是不會養貓的。但牠看起來確實虛弱，而且阿遙又這麼說，他便點頭同意了。

不知道從什麼時候開始，他變得無法拒絕她的請求了。

安置好小貓，阿遙才又想起介紹女人的事，「對了，榛榛，這是我的好朋友……」說到這裡頓了頓，嘴角努力地張開，卻半天沒有吐出一個字。

半晌，她終於扭頭看向女人，「妳叫什麼名字？」

「……」連別人名字都不知道就是好朋友了？妳的定義未免太廣了吧！

莫榛內心的咆哮模式又被觸發了。

不過對阿遙來說，她並沒有分什麼普通朋友、牌友、飯友這些，因為她變成鬼後，只有這一個朋友。

被問及姓名，陌生女人表現得十分大方，「我的大名叫阿飄，我的小名叫飄飄。」

阿遙興奮地點點頭，「哦，那我以後就叫妳飄飄吧！」

「……」莫榛心想，這麼沒誠意的名字，阿遙竟然相信？他真想帶她上醫院檢查一下腦子，看看她的大腦是不是只有葡萄那麼大……不，是葡萄乾。

不再理會阿遙，他的目光落在自稱是飄飄的女人身上，似是審視。女人看起來和阿遙年齡差不多，眉眼間卻比阿遙多了幾分成熟。這種成熟不是打扮出來的，而是經歷一些事情後，留在身上的印記。

相比起來，阿遙就像個不諳世事的少女。

面對莫榛的探究目光，女人表現得十分坦然，她這麼坦然，倒弄得莫榛不好意思再打量下去了。

乾咳一聲，看著她問道：「飄飄小姐，很感謝妳教會阿遙從貓身上出來的方法。不過我有個疑問，剛才那個就地打滾，是出來前必須完成的儀式嗎？」

「不，只是我的個人喜好。」飄飄微笑著說道。

「……」莫榛無言。

「……」阿遙瞪大了眼，她是不是被坑了？就覺得奇怪，為什麼會有打滾這麼奇怪的姿勢！

人類真是太可怕了，她繼續當貓還來得及嗎……

莫榛緩了口氣，接著問道：「那裝神弄鬼也是妳的個人愛好嗎？」肯斯尼莊園裡鬧鬼的傳言，一定也和她脫不了關係。

「嚴格說起來不是，因為我本來就是鬼，不能定義為裝和弄。」飄飄托著腮，一臉沉思，「我這麼做並不是為了嚇他們，只是想警告他們小心家中的貓。」

那些人卻完全不理解她的好意，看見她後只會猛踩油門，真是……太傷心了。

飄飄的話讓莫榛愣了愣，「妳怎麼知道他們的貓會失蹤？」除了他，肯斯尼莊園的住戶幾乎都有養寵物，不一定全是貓，但一定有不少人養貓，除非她和那個集團的人是同黨，不然怎麼知道下一個目標是誰？

「榛榛，飄飄很厲害喔！」阿遙飄過來，擠到莫榛和飄飄中間，「就是她替你打電話報警的，倉庫裡的人也都是她幹掉的！」

「……」他怎麼忘了，飄飄是個女鬼呢，想知道他們的下一個目標並不難。

飄飄故作嬌羞地垂著頭，嘟囔道：「哎呀，這些都是小意思啦，我是一個有資歷的女鬼嘛。」

「……」莫榛心想，妳再有資歷，我也不是人資，無法錄取妳好嗎。

「他們的下一個目標是阿遙，我知道後一直想告訴你，可是你身上有東西讓我無法靠近，所以我才直接去找阿遙。」飄飄垂著頭，繼續羞答答地說道。

莫榛的眼裡閃過一絲疑惑，有什麼東西阻止她靠近？難道師父的法術還沒過期？那現在為什麼他們可以近距離談話？

「不知道為什麼，現在突然沒阻礙了。」

「……」看來還是過期了。

聽到這裡，阿遙激動地點點頭，「我和飄飄裡應外合，假裝被他們抓住，殺他們一個片甲不留。」

飄飄抬起頭來看了阿遙一眼，點點頭道：「嗯，雖然我只是來叫妳乖乖待在家裡，不要亂跑的。」

她本來不想插手這件事，但是看見那些慘死的小貓著實可憐，才想著去提醒一下他們的主人。萬萬沒想到，自己會在說服阿遙的途中反被說服，當了一次行俠仗義的女英雄……其實還滿過癮的。

聽到這裡，莫榛忍不住問道：「我看了監視畫面，那些貓都是自己從家裡跑出來的，為什麼會這樣？」

飄飄解釋道：「其實不是牠們自己跑出來，只是監視器拍不到而已。」

莫榛微愣，好像領會了什麼，「還有一隻鬼？」

「嗯。」飄飄點了點頭，「我身上戾氣太重，一靠近那些小貓小狗，牠們就會特別激動，不停吵鬧。二狗和我正好相反，小貓小狗非常喜歡她身上的氣。」

「二……狗？」莫榛看著她，用眼神表達疑惑。

「二狗是我以前的朋友，可是後來跟我吵架，就跑去和虐貓集團為伍了。」

飄飄頗有幾分惆悵。

「……」莫榛心想，她要是叫他二狗，他也會跟她吵架的。

「那二狗現在去哪裡了？」阿遙好奇地問道。這個二狗也算凶手之一，不能讓她逍遙法外啊。

「二狗已經被鬼差帶走了，我差點也被帶走了！」飄飄說這話時還心有餘悸，她還沒報仇，怎麼能轉世投胎呢。

阿遙凝視著她，沉吟片刻才道：「飄飄，榛榛說他只能看見枉死之人的魂魄，妳是怎麼死的？」

莫榛看她一眼，沒想到平時看起來蠢蠢的，但在重要的事情上，卻記得很清楚嘛。

至於阿遙本人，一直把這個情形稱為大智若愚。

飄飄眨了眨眼，答道：「這是一個很瞎的故事，我還是不要說了吧，會拉低你們的智商。」

莫榛倒是不意外，她連自己的名字都不願透露，更不用說死因了。

看了看時間，已經快十點了。莫榛對飄飄笑了笑，提醒道：「飄飄小姐，已經這麼晚了，妳該回家了。」

不太委婉的逐客令，讓阿遙不贊同地喊了出來：「榛榛，飄飄是我的朋友！」言下之意是，你怎麼能這樣冷酷無情地趕她走！

莫榛的目光移到阿遙身上，「她留下，妳走。」

下一刻，阿遙看向飄飄，眼神無比真誠，「飄飄再見～」

「……」飄飄心想，果然女人的友情都是脆弱的。

第二十七章

錦旗

A市中心醫院走廊一側的長椅上，兩個人並肩坐著。向雲澤將手中的空牛奶盒捏扁，順手扔進旁邊的垃圾筒中，「陳小姐，麻煩妳以後弄清楚情況再打來好嗎？差點被妳嚇死。」

陳清揚的臉色黑了黑，「我只是誇張了一點點！」加重的語氣和拔高的聲線，都在強調著不是她的錯。

向雲澤扭頭看她一眼，戲謔地道：「難道寫小說的人都像妳這麼誇張？」

陳清揚用了三分之一秒來氣他話裡的輕視，剩下的三分之二秒用來驚嚇了。

「你看過我的小說？」

「我真希望自己沒看過。」向雲澤回過頭，像是憶起什麼慘痛記憶，「妳小說裡的那些物理定理讓人看不下去。」

「……你！」作為一個物理考試從沒及格過的人，敢寫物理類的偵探小說，她覺得自己是值得表揚和鼓勵的！

「我那是劇情需要，是文學創作！文學！你懂嗎！」連續三個短詞將她極力想說服對方的心情表現得淋漓盡致。

「我懂物理。」向雲澤的身體微微後仰，靠在椅背上，雲淡風輕地丟出了這麼一句。

「……」她怎麼忘了，這個人是物理博士。

陳清揚在一旁生著悶氣，將手裡的牛奶盒當成向雲澤狠狠蹂躪。

向雲澤看了一眼她手中慘遭不幸的牛奶盒，眉梢微揚，「陳小姐，作為一個很懂文學的人，妳覺不覺得我們偏題了？」

「……」好吧，她知道向雲澤就是想追究責任，不過推卸責任也是她的天賦技能之一！

快速地在心裡研擬了一下說詞，確定把所有責任都推到方醫生頭上，她才胸有成竹地開口：「你知道方醫生的，他說的那些專業術語就跟廟裡大師說的禪一樣，我參不透。」

向雲澤的嘴角動了動，剛想說話，就被打斷了。

「可是我讀得懂他的微表情。」

「……」向雲澤心想，他還是閉嘴比較好。

「那眉頭緊皺的弧度，凝重深沉的眼神，都在說著大力的情況不妙啊！而且他之後說的一大串話裡，我又只聽懂『奇怪』、『不太對勁』兩個詞，你說我能不通知你嗎！」

向雲澤聽完，只慶幸她沒有通知黎顏的家人，否則特地把黎顏的家人全都召集到醫院看這場烏龍，他才會真的無言。

「方醫生的意思是，『病人出現了明顯的生理反應，雖然很快就沒了，但是最近醒過來的可能性很大。』」

「不、不管怎麼說，大力要醒過來了就是好消息，恭喜你，向先生！」陳清揚裝沒事地拍了拍他的肩，巧妙地轉移話題。

她簡直太機智了。

向雲澤把她搭在肩上的手抖了下去，瞥了她一眼，沒再說話。莫榛離開的時候臉色很不好，要不是陳清揚打來，他肯定會和莫榛一起去看看情況。

放下黎顏這塊心中的大石，反而更擔心莫榛了。

「時間不早了，妳早點回去吧。」向雲澤從長椅上站起，匆匆丟了一句，就頭也不回地走了。

陳清揚看著他離去的背影，撇了撇嘴角。這傢伙不會還在生氣吧，真是比女人還要小心眼。

上了車，向雲澤掏出手機準備打給莫榛，但是想到他可能正在處理麻煩事，看到來電應該會很生氣，這麼一想，便改傳簡訊。

「你們家的小貓沒事吧？」

簡訊發出去之後，很快得到了回覆：「沒事，已經回來了。」

已經回來了？向雲澤從字面推測，意思是真的走失過？

「那就好。我可能不去美國了。」

「……你家小女友又怎麼了？」

「醫生說她快醒了^_^」

「恭喜，終於守得雲開見月明。」

向雲澤的嘴角還沒來得及上揚，又收到一封簡訊。

「不過你那個笑臉實在有夠噁心。」

看到好友一貫的吐槽簡訊，向雲澤帶著溫和的笑容回覆。

「^_^^_^^_^，三倍威力，希望成功噁心死你。」

「又是你朋友啊？」阿遙往手機螢幕前湊了湊，企圖看清上面的文字。

莫榛將手機反放在桌上，側過頭看她，「嗯，就是送妳炸小魚的那個朋友。」

一聽到炸小魚，阿遙的神情就悲傷起來。「……別再提了，嗚嗚。」

怎麼能這麼殘忍！還來不及吃炸得油亮油亮的小魚，就從貓身上出來了，變成魂體後不能吃東西，嗚嗚嗚嗚……

「榛榛，真的不考慮讓我上一下你的身嗎？」下一秒，她換上無害的笑容問道。

這句話聽起來怎麼有點……下流。

「不考慮。」走到床邊坐下，莫榛關了頭頂的大燈準備睡覺，「不過妳可以考慮再附到貓身上。」

阿遙撇了撇嘴，那隻小黑貓現在很虛弱，再附身一次，說不定直接升天了。

考慮了一下，她決定決定放棄酥炸小魚。

房間裡安靜了兩分鐘，莫榛的聲音從枕頭邊傳來，「妳怎麼還在？」

阿遙愣了愣，露出無辜的表情，「我一直在這裡啊，你忘了嗎？我們還一起睡覺呢。」

「……」他真想把這個變態女鬼砸成紙片，扔進碎紙機裡！

嘩地掀開被子坐起，莫榛看著飄在空中的阿遙，努力讓自己冷靜，「妳之前是貓，現在既然出來了，就去客廳待著。」

阿遙厚著臉皮道：「榛榛不要害羞嘛，你都親過人家了，就應該負責。」

「我親的是那隻貓，我現在就去對牠負責。」莫榛從床上下來，往門口走去。

阿遙見狀，連忙擋住他的去路，「你要去哪裡？」

「去抱那隻小貓上來睡覺。」

「……」可惡，她跟那隻小黑貓勢不兩立！

最後莫榛並沒有抱貓上來睡覺，因為阿遙乖乖下樓了。但即使她走了，他依然睡不著。小貓是找到了，阿遙也順利脫離貓的身體，所有事情都圓滿解決，可是心頭總有一股莫名的煩躁在叫囂，揮之不去。

最糟糕的是，他一點都不想深究這股煩躁的原因。

雖然一夜沒睡好，第二天莫榛還是準時起床，特別是在唐強打來的情況下。

「莫天王，你做了什麼？」難得地，今天唐強的開場白不是千篇一律的「早安」，而是一個疑問句。

「什麼做了什麼？」莫榛揉了揉頭上的亂髮，本來就僅存的一點睡意也被經紀人的大嗓門嚇跑了。

「今天警察送了一面錦旗到公司來，說是給你的。」

「……」什麼時候偵破案件還送錦旗了？

「莫天王，你真的不是FBI在我們這裡臥底的嗎？」

「唐強，你再去睡一覺吧。」

「……我越來越崇拜你了，莫天王啊～」

嘟……嘟……嘟……

莫榛洗漱完後，沒有直接去片場，而是應唐強要求先去了公司一趟。阿遙終於解脫，興高采烈地跟在他後面出了門。

他們走的時候，小黑貓還窩在臨時搭建的小窩裡睡覺。

第二次來凱皇，阿遙顯得熟門熟路，在經過唐強辦公室門口時，甚至笑著跟韓梅梅打了聲招呼。

當然，只有單方面，因為韓梅梅看不到她。

莫榛的嘴角抽了抽，恨不得把她從窗口扔出去，雖然也摔不死她。

敲了兩下門，沒等裡面的人說請進，他就率先推門進去了。

唐強正在辦公桌前處理公事，見到門口的莫榛，已經到嘴邊的「請進」兩字又硬生生地吞了回去。

「一大早找我什麼事？」莫榛找了張椅子坐下，懶洋洋地看著唐強。

唐強打量了他幾眼，才問道：「莫天王，你今年不打算拿最佳歌手獎，準備拿十大傑出青年了是不是？」

看自家經紀人這個反應，應該是生氣了。

唐強確實生氣了。昨晚發生的事他已經從警察那裡瞭解了，聽說莫榛獨自一人深入敵營，勇鬥五個虐貓狂魔，成功解救了自家小貓。

對於這個熱血沸騰的故事，他只想說——莫大明星以為自己是會爆衫的綠巨人，還是能吐絲的蜘蛛人啊？這麼危險的事，要是真的出意外怎麼辦？既然都報警了，就不能等警察來，讓他們發揮一下自身的價值嗎？

唐強的內心驚濤駭浪，表面卻還是一副風平浪靜的樣子。

因為他發現，自己根本沒有吼莫榛的膽子。

第二十八章

刺激

一時之間，兩人都沒說話，辦公室陷入一陣靜謐。

「這件事確實是我考慮不周，抱歉。」

聞言，唐強瞪大了眼，這是他們公司那位桀敖不馴的大明星嗎？他竟然會道歉！

莫榛知道，如果不是飄飄提前撂倒了那幾個人，他也不確定能不能全身而退。如果真的出事，確實會給公司造成麻煩。除此之外，從出道開始唐強就一直跟在自己身邊，兩人當了十年的同事兼好友，莫榛知道他在擔心自己。

「算了，人沒事就好。」唐強嘆了口氣，揉揉眉心，「不過以後在做決定之前，就算你不為自己考慮，也想想身邊的人吧，還有成千上萬的粉絲們。」

「知道了。」

良好的認錯態度讓唐強無話可說，他從抽屜裡拿出錦旗，放在桌上，「你要拿回去嗎？」

莫榛心想，這跟他家的格調也太不搭了，何況其實也不算他一個人的功勞。

「掛在公司好了，這樣更能彰顯它的榮耀。」

「……好吧。」深知他個性的唐強心想，只是覺得錦旗和家裡風格不搭，所以才不帶回去的吧。

由於莫榛還要趕去片場，所以沒留太久。出來的時候，韓梅梅笑意盈盈地目送他離開。

男神武功蓋世：怎麼樣？莫天王把旗子拿走了嗎？

九製話梅：沒有～

男神武功蓋世：我就知道，男神不是在乎名利的人！

九製話梅：應該只是單純的覺得旗子不符合家中格調吧。

Lucy的手指在鍵盤上動了動，剛想回一句反駁的話，韓梅梅的訊息又來了。

九製話梅：唐哥叫我把旗子掛到莫天王的休息室裡。

男神武功蓋世：掛好了跟我講，我要去欣賞一下。

九製話梅：……其實我更想把妳掛上去。

男神武功蓋世：相信我，我沒辦法像旗子那樣迎風飛揚的。

九製話梅：妳在三十八樓？

男神武功蓋世：有事？

九製話梅：我去找妳，讓妳迎風飛揚。

男神武功蓋世：……我覺得妳的愛好可以更文靜一點。

男神武功蓋世：人呢？

男神武功蓋世：不會真的上來了吧？

男神武功蓋世：警察還沒走遠，不要亂來啊啊啊！

因為之前的抓鬼事件，外加貓咪附身，阿遙已經很久沒有到片場來了。

好死不死，竟然遇到了宋霓。今天是她最後一場戲，被病毒感染後，她將在這裡與世長辭。

阿遙很榮幸自己能成為這一幕的見證者之一。

為了表現出被病毒侵襲的身體，化妝師煞費苦心地化了一個腐爛妝，旁人看到無不再三回頭，太逼真了。

宋霓也被鏡子裡的自己嚇了一跳，當下就和化妝師吵了起來。化妝師苦口婆心地跟她解釋，說這是為了演出效果等等，其實一部分原因是她是莫榛的鐵粉。最後經過劇組協商，化妝師不情願地將宋霓的妝容減淡了一些。她一邊修改著妝容，一邊在心裡安慰自己，沒關係，還有後期特效呢。

反正做特效的其中一名工作人員，也是莫榛的鐵粉。

雖然妝淡了一些，宋霓還是心情很差，拍攝時猙獰的傷口和目露凶光異常到位，很順利地一次完成。

十二點半，劇組的便當到了，看見工作人員推著送便當的車子走來，阿遙下意識躲到莫榛背後。

莫榛忍不住笑了笑，不著痕跡地看了她一眼，壓低聲音問道：「既然這麼怕，幹嘛還要跟來？」

阿遙撇了撇嘴，沒有作聲。

打開便當，莫榛用筷子在上面戳了戳，「放心吧，那個旺旺便當的老闆進了劇組的黑名單，現在所有保全手中都有他的照片。」

聽到這句話，阿遙忍不住笑了出來，其實就算那個老闆再來，她也不怕，她可是跟著飄飄混過的鬼呢！

看著便當裡的雞腿，她又懷念起當貓時的美好了，至少可以進食。

「榛榛，我想吃雞腿。」

莫榛裝作沒聽見，夾起一塊牛肉放進嘴裡。

見他不理自己，阿遙再接再厲道：「不然雞翅也可以。」

莫榛依然逕自吃著飯，沒有要回應她的意思。

阿遙咬了咬牙，掃視了片場一圈，最後選定了宋霓——因為便當裡的糖醋排骨，勾起了她濃烈的興趣。

既然決定，就要趕緊在宋霓吃下去之前附身！

幾乎是一眨眼，阿遙消失在原地。下一刻，只見宋霓的身體僵直了一下，身旁的助理眼疾手快地接住從她手裡掉下來的筷子，擔心地問道：「宋霓姐，妳怎麼了？」

阿遙適應了一下身體，抬起頭笑著說：「沒事。」

助理愣了愣，宋霓從來沒有這樣對她笑過，雖然這笑容配上她臉上的妝容……違合感超大。

接過筷子，「宋霓」端著便當就朝莫榛走去。

助理看著她前進的方向，嘴巴越張越大，宋霓姐又要自找死路了嗎！

看著朝自己走來的宋霓，莫榛扯了扯嘴角，並沒有離開。

「宋霓」倒是相當熱情，直接在他身旁的空位坐下，還道：「榛榛，我用糖醋排骨跟你換雞腿好不好？」

「……」莫榛斜睨她一眼，既然都附身了，好歹也學一下口氣吧。

這個劇情的走向太過獵奇，劇組裡的工作人員都忍不住看了過來，難道會是峰迴路轉的第二季？

在現場觀眾的殷殷期盼下，宋霓用一塊糖醋排骨換走了莫榛便當裡的雞腿。

沒錯，她真的換走了莫榛的雞腿！用一塊糖醋排骨！

而且莫榛沒有反抗，甚至嘴角還有點笑意！

阿遙如願以償地吃到雞腿，滿足地打了一個小飽嗝，「榛榛，你怎麼不吃啊？」

「……」莫榛心想，對著妳這張臉，實在是吃不下。

現場觀眾彷彿能聽到莫榛的心聲，集體心酸地點了點頭。化妝師妹妹站在一旁憤恨不平地瞪著兩人，早知道劇本是這樣寫的，她就不該把宋霓畫得這麼精緻了！

宋霓的助理早已呆掉了，那兩位的關係什麼時候變得這麼好了？她怎麼一點都不曉得？

等阿遙吃飽飯，又站起來動了動身體。還別說，宋霓的柔軟度真好，劈個腿什麼的完全沒問題。也不管其他工作人員的目光，「宋霓」一會兒下腰一會兒劈腿，簡直是雜技表演秀了。

莫榛已經不忍心再看下去了。

「妳要不要出來了？」他摀著臉，用只有阿遙能聽見的微弱聲音道。

「哦，好吧。」阿遙回頭看了他一眼，走回了宋霓的休息區。

然後，在眾目睽睽之下，「宋霓」在地上翻了一圈。

這一次，片場的工作人員集體驚叫出聲。

阿遙飄回莫榛身邊時，宋霓才剛從地上爬起來。看著身上髒兮兮的衣服，宋霓莫名其妙問道：「發生什麼事了？」

助理轉了轉僵硬的脖子，扭過頭來看著宋霓，「宋霓姐……妳不記得了？」

「記得什麼？」宋霓更加不解了，為什麼所有人都看著她，就連莫榛也是？

助理吸了一口氣，放鬆一下面部肌肉，硬是擠出一抹微笑，「什麼也沒發生。」

莫榛低下頭假裝吃飯，實則是在對一旁的阿遙說話，「不是不用打滾就能從被附身的人身上出來嗎？」

阿遙歪著腦袋想了想，對莫榛笑著道：「好像是耶，我一時忘了。」

不，應該不是忘記，她絕對是在故意整宋霓。

下午拍攝時，工作人員都有意無意地躲著宋霓。宋霓心裡的疑惑更甚，中午的事她完全記不得，而且她根本不會吃劇組那麼油膩的便當！

宋霓心裡疑惑，工作人員的心裡卻在放鞭炮，幸好今天是她的最後一場戲了，都不知道她中午的行為會不會傳染。

很快，一個名為「如何像蛇精一樣柔軟」的文章在海角論壇首頁出現，宋霓頂著半張腐爛的臉在片場下腰劈腿打滾的照片，被網友們評為今年最刺激的一組照片，榮獲金酸菜獎的金獎。

這條消息沸沸揚揚了幾天，又被另一條更勁爆的消息壓了下去。

莫天王上了頭條，而且不是娛樂版，是社會版！

刊登這條消息的，是一家國內的權威報社。在這條消息裡，不僅披露了虐貓集團的種種惡行，也公布了法院的最終判決。最重要的是，還提到了為警方提供重要線索的市民。

莫榛這兩個字可能有同名同姓的，可是警方有提到他們送了一面錦旗到凱皇公司，打破了重名的猜想。

報導裡面將莫榛勇鬥歹徒的過程寫得精彩絕倫，就像撰稿人當時就在現場一樣，他在粉絲心裡的形象瞬間變得比美國英雄還要崇高。

莫榛看了看手中報紙，報導裡並沒有提及事發地點和他的私人資訊，心頭的鬱結總算是少了一些，「這樣報導出來你們也不管？」

唐強看著對面的人，忍不住笑了兩下，「人家也是為了感謝你才寫的新聞，我們怎麼忍心拒絕他們的一番好意。」

「……」莫榛想著，你們只是不忍心放著便宜不占吧。

這家報紙的老闆也是肯斯尼莊園裡的住戶，他妻子養的小貓在虐貓案中不幸身亡，後來從警方那裡瞭解到情況，就登了這則新聞。

需要強調的是，這篇報導是完全免費的。

對形象加分且免費的新聞，哪家公司會拒絕呢？

唐強從辦公椅上站起，拍了拍他的肩，「莫天王，你就等著拿十大傑出青年獎吧。」

第二十九章

身分

年紀。

莫榛當然沒拿到十大傑出青年獎，其實他一度懷疑，他已經過了可以拿獎的

時間無聲無息地流逝著，轉眼已經到了十一月。天氣漸漸轉涼，但阿遙依然穿著她那條裙子到處走動。

雖然莫榛看了覺得挺冷的，但想到鬼本來就沒體溫，也就釋然了。

阿遙依然每天跟去片場，眼見《上帝禁區三》的拍攝進入收尾階段，她突然有些小感傷。

為了控制拍攝進度，導演把有英文對白的地方都集中在最後。進入收尾階段後，幾乎每個演員都有大段大段的英語臺詞，NG的次數明顯上升，拍攝速度也比之前慢了許多。

「沒想到我死了以後，還能看到《上帝禁區》系列的第三部。」

充滿滄桑感的聲音突然在阿遙身旁響起，嚇了她一跳。回過頭來，驚喜地看著眼前的人，「飄飄！」

飄飄翹著嘴角笑了笑，「好久不見啊，小貓咪。」

提起小貓咪，阿遙的眸色黯了黯，「那隻小黑貓從家裡跑走了。」

飄飄倒是並不意外，「野貓就是這樣，這就叫野性難馴。」

「話是這麼說沒錯……」阿遙垂了垂眸，總覺得自己就像那隻小黑貓，總有一天要離開。

見阿遙的情緒突然低落了下來，飄飄湊上前看著她，「怎麼了，小喵咪，莫天王欺負妳了？」

「不是。」搖搖頭，阿遙轉移話題道，「妳這段時間去哪裡了？」

「哪裡不平去哪裡。」

……看來行俠仗義這種事是會上癮的。

「妳家莫天王搶了我的功勞，還把我趕走，簡直喪心病狂！」飄飄故意放大聲量，果然引來了莫榛的側目，這下意識的舉動又換來導演一聲卡。

「飄飄，妳不要影響榛榛工作！」對她這種擾亂片場秩序的行為，阿遙強烈譴責。

飄飄吐了吐舌頭，朝莫榛的方向看了一眼，就把阿遙往外帶，「小貓咪，走，

我教妳別的技能。」

「真的嗎？」阿遙的眼睛一亮，「這次又是什麼？」

聽著兩人的聲音越來越小，莫榛無語地扯了扯嘴角。

「莫天王，準備好了嗎？」崔導的助理站在攝影機旁，殷切地望著他。

「嗯。」莫榛點了點頭，重新進入拍攝狀態。

入秋以後，白日明顯短了許多，才晚上七點天就全黑了。莫榛離開片場的時候，阿遙還沒回來，飄飄也沒再出現過。

嘖了一聲，他往家裡方向開去。

四十分鐘後，他站在偌大的房間裡，突然有些悵然。

屋裡一片漆黑，顯然阿遙並沒有回來。他洗完澡又簡單地吃了晚飯，疲憊地爬上沙發，一邊上網一邊等她。

打開電腦後，莫榛才後知後覺地想到今天是網購週年慶，對於不太適合出門採購的他，這是絕對不能錯過的活動。

趁著活動結束前，他一口氣點開了之前追蹤的零食店家，開始仔細挑選。雖

然剩下的商品種類不多，不過好在活動快結束，結帳出貨的速度也不會太慢。

等他結束大採購，才注意到已經十點了。莫榛心想，看來要定一個門禁時間了，混到這麼晚還不回家，真是的。

關掉網購頁面，莫榛順手點開了ＦＢ。這幾天比較忙，沒空貼新文章，頁面還停留在貓咪的照片上。

即使久久才更新一次，他還是穩居熱門帳號的第一名。

他對第一名這件事毫不意外，比較在意的是，另一個排行榜上的長勝軍——水煮檸檬。

總會徘徊在前三名的帳號，比起自己是弱了一點，但也相當值得注意。

總覺得這個名字有點耳熟，好像在哪裡聽過……

順手點進了水煮檸檬的ＦＢ，在「關於我」上面寫著一行字：**文學網簽約作者，已出版《未來書籤》系列、《保溫瓶與電風扇》等多部作品。**

莫榛的眼角跳了跳，這兩部作品的風格會不會相差太多？不過他倒是想起來水煮檸檬是誰了，之前向雲澤特意跟他提過的，黎家小姑娘的朋友。

順著發文日期往下，水煮檸檬置頂的文章是新書出版的消息，再下面一則，是分享文章的貼文，再下一則……他的手頓住了。

「哈哈哈哈哈，生在十一月十一號的我一定是奇才，你們說是不是！今年的生日願望是希望我家大力能趕快好起來，妳不是還想去格雷梅坐熱氣球嗎！也請大家祝福大力早日康復！」

這篇文附有兩張圖，一張是格雷梅的熱氣球，一張是兩個女孩的合影。

背景是一家日式餐廳，兩個女孩坐在榻榻米上對著鏡頭微笑。左邊的女孩應該是水煮檸檬，及肩的棕色捲髮，紅框眼鏡，一頂英式捲邊帽，很有文藝氣息。右邊的女孩，一頭黑髮，淡藍色的寬鬆數字T恤配牛仔短褲，腳上踩著一雙日式風格的夾腳拖。

打扮雖然完全不同，但這個女孩長得和阿遙一模一樣。

莫榛足足看了這張照片五分鐘。從這篇文來看，附圖裡的女孩應該就是水煮檸檬說的大力。再結合向雲澤透露的訊息，不難推斷出大力就是黎家還在昏迷的小姑娘，也是向雲澤暗戀了很久的人。

依稀記得，她叫黎顏。

腦袋裡像是有什麼東西突然炸開，連意識都變得模糊。

阿遙就是黎顏？黎顏就是阿遙？

不，中間一定有什麼東西搞錯了。也許，阿遙有個雙胞胎姐妹？他要不要打個電話問問向雲澤？

想了無數個可能，仍是無法掩蓋內心深處的答案。

阿遙就是黎顏。

又在電腦前呆坐了五分鐘，莫榛的手有些遲緩地點開了留言，想看看裡面會不會有線索。

「祝福大力。不過為什麼要叫人家大力？明明是這麼漂亮的女生。」

「很明顯是檸檬嫉妒人家美貌，祝福大力早日康復。」

「大力她怎麼了！」

莫榛看到這裡時停了停，這個人的口吻像是和檸檬認識，可是她卻沒有回覆。他重新整理了一下頁面，又點開留言，多了一條檸檬的回覆。

「便便，大力她從樓梯上摔下來，到現在都還沒醒（哭）」

莫榛皺了皺眉，又重新整理了一次頁面。

「哇靠，都大學畢業了還那麼蠢！這麼重要的事你們怎麼都沒通知我！」

這次他重新整理了網頁，檸檬卻沒有再回覆，可能是和便便用私訊的方式聊了。

抿了抿嘴角，他把頁面滑到頂端，又盯著那張照片看。

不管是上揚的嘴角，還是清澈的眼眸，他都再熟悉不過。

可是這個人不是阿遙。

她是黎顏，一個向雲澤默默喜歡了很多年的女孩。

莫榛躺在沙發上，用右手捂著胃部，有些慘澹地笑了笑。

世上怎麼會有這麼巧合的事？

既然她是黎顏，為什麼靈魂出竅後不去找向雲澤，而要跑到他家門口來？難道是美國太遠，她飄不過去嗎？

莫榛一動氣，胃又疼了幾分。雖然胃藥就在幾步之外，可是他卻不想動也不想吃，至少這劇烈的疼痛能夠緩解他心裡的疼痛。

畢竟胃痛要比心痛好受多了。

沙發上的手機震動了一下，莫榛拿起來看了一眼。

螢幕上那一長串電話號碼讓莫榛頓了頓，他點開訊息，上面只有四個字。

我回來了。

第三十章

失眠

師父回來了。

莫榛右手捂著胃，苦澀地扯了扯嘴角。他簡直懷疑這人是算好了時間，專程挑這個時候回來。

不過這樣也好，免得他看見阿遙就難受。

一想到阿遙，她的聲音就從耳畔傳了過來，「榛榛，你怎麼了？臉色好蒼白！」

被突如其來的聲音嚇了一跳，莫榛從沙發上站起，飛快地蓋下螢幕，拔掉電源。

「……」阿遙心想，榛榛該不會是在逛情色網吧？這種高度的警惕性只有在她背著莫榛逛論壇時才會出現。

暴力地關好電腦，莫榛抿著嘴角躺在沙發上。剛才因為一緊張，胃好像更痛了。

也不知道阿遙看見那則訊息沒有。

想到這裡，莫榛不禁自嘲地笑了笑，剛才的舉動完全出於本能反應，他並不

想讓阿遙知道自己是誰。

可是這又能怎麼樣？師父本來就是自己請回來幫阿遙找回身分的，她遲早要走。

只不過這個遲早是現在而已。

「榛榛，你是不是又胃痛了？」阿遙緊張地看著莫榛。

莫榛額頭上已經因劇烈疼痛而滲出一層細密的冷汗，他仍是固執地緊抿雙唇，閉著眼睛別過頭。

他現在不想見她。

光是聽到聲音，都覺得心臟一抽一抽地疼，比胃疼多了。

莫榛不說話，阿遙以為是他太痛了，從電視櫃的第二個抽屜拿出藥盒給他。再朝飲水機看了一眼，倒了杯水來。

像往常那樣，她低頭在他耳邊吹了口氣，「榛榛，起來吃藥。」

莫榛的眉頭動了動，還是沒起身接藥。

阿遙見他不動，又飄到另一邊吹了口氣，「榛榛，吃了藥才會變帥！」

「……」就算他不吃藥也很帥好不好！

莫榛無語，從沙發上爬了起來，接過浮在半空中的玻璃杯，將藥片按照大小順序排列好後，才吞進肚子裡。

阿遙在一邊看得直嘆氣，這個強迫症到底治不治得好？

吃完藥，又在沙發上躺了一下，等胃部疼痛減輕後，莫榛才半睜著眼睛看了她一眼。

阿遙身上的洋裝不知道什麼時候已經換了，雖然還是洋裝，但卻是一條秋季的長袖洋裝，外面還搭了一件小外套。

「妳的衣服是怎麼回事？」莫榛張了張嘴，聲音有些低啞。

阿遙激動地在空中轉了一圈，「好看嗎？好看嗎？這可是TOMATO雜誌的最新款！」

看來死亡也阻止不了女人愛美的心。

阿遙還沉浸在換了新衣服的喜悅中，「飄飄真的很厲害，這是她今天教我的，以後都不用愁沒衣服換了！」

聽到「以後」兩個字，莫榛突然從沙發上站起，一言不發地上樓去。阿遙跟在他後面，飄到樓梯口時，他卻突然停了下來。

「怎麼了？」看著莫榛的背影，她也跟著停了下來。

莫榛在原地站了一會兒，才說道：「我師父回來了，找個時間讓你們見面。」

說這些話時，他並沒有回頭，說完後就逕自上了二樓。

阿遙還愣愣地待在樓梯口，師父回來了嗎？那是不是她馬上就能想起自己是誰了？

可是為什麼，她一點都不開心？

門關上的聲音讓她回了神，抬頭看著緊閉的房門，她落寞地轉身飄回客廳。

◐ ◐ ◐

不知是因為胃痛還是因為阿遙，莫榛整個晚上都沒睡好。儘管身體和精神的狀況都不太好，還是得一大早爬起來拍戲。

出門時，阿遙打算跟著他一起去片場，結果還沒邁出大門，莫榛就冷冷淡淡地丟了一句：「以後不要跟我去片場了。」

為什麼？

阿遙張了張嘴想問原因，但是聽莫榛的口氣，感覺他又生氣了，只敢小聲地應了聲好。

「還有，師父這幾天就會過來，妳不要到處亂跑。」

「……嗯。」

莫榛交代完就出了門，直到開著車遠離了肯斯尼莊園，才覺得鬆了口氣。只要阿遙在身邊，他就有種喘不過氣的感覺。

到了片場，莫榛二話不說地爬上保母車補眠。跟著進車裡的唐強在看見他眼睛下面兩片明顯的陰影後，眉梢一挑，「莫天王，你為情所困？」

莫榛的脖子往衣領裡縮了縮，閉著眼睛不理會。

不過唐強可不打算就這樣放過他，將屁股挪近些，用食指戳了戳他的肩膀，「透露一下吧，是誰這麼有本事，能讓莫天王失眠？」

莫榛緩緩睜開眼睛，側頭看著唐強道：「你。」

「……怎麼，你不怕我當真？」聽到這句回答，就知道怎麼問都問不出答案了，唐強只好放棄探聽。

莫榛懶洋洋地回答：「代表我演得不錯。」

「……」在心裡大大翻了個白眼，影帝了不起啊！

唐強這邊因為黑眼圈被調戲了一番，化妝師妹妹則是喜笑顏開了。終於找到機會可以多摸一下莫天王，黑眼圈萬歲！

不過再難化的妝也總有畫完的時候，化妝師妹妹遺憾地收了手，依依不捨地盯著已經被妝蓋掉的黑眼圈地帶。

沒有阿遙在身邊，片場變得特別安靜，即使今天有唐強陪著，莫榛也覺得心裡空蕩蕩的。

也許空蕩蕩的並不是片場，而是他的心？莫榛突然覺得有些好笑，他簡直像個多愁善感的女子。

「莫榛，你今天真的不太對勁啊，該不會是戀愛了吧？」唐強說完這話，又

自己否認道，「不對，這個樣子更像是失戀。」

失戀？莫榛瞇了瞇眼，他會失戀？呵呵。

「唐強，我失不失戀不重要，不過你是不是想失業了？」

「……啊，我還有事情要找導演，先走了。」讓他真的動怒就麻煩了，趕緊走為上策。

晚上收工時，莫榛已經累得連手指頭都不想動了，但他還是拒絕了唐強送他回去的提議，自己開車回家。

剛把車停進車庫，口袋裡的手機就震動了兩下。拿出手機看了一眼，有一條新的未讀簡訊，看那一長串號碼，肯定是師父。

「你明天有時間嗎？我想見見你家的小女鬼。」

莫榛盯著這行字看了好一陣子，才打了一個字出去。

「好。」

把手機放回口袋，他嘆了口氣，疲憊地靠在車內椅背上。打電話給崔導請了半天的假，又順便通知了唐強，才從車上下來。

看著那扇熟悉的大門，他突然覺得沒有推開它的勇氣。

在門口站了一會兒，吸了口氣，他輸入密碼進門。

「榛榛，你回來啦！」阿遙可能是憋壞了，莫榛一進來就迫不及待地撲了上去。

「嗯。」看著她那張熱情洋溢的臉，莫榛只簡單地應了聲，就自顧自地朝廚房走去。

就算阿遙再遲鈍，也察覺到了他的刻意迴避。

呆呆地看了莫榛的背影幾眼，她又興沖沖地飄到廚房裡，「榛榛，今天我熬了白粥哦！你昨天胃痛得那麼厲害，今天得吃一點清淡的。」

只見瓦斯爐上頭放著一個湯鍋，還微微冒著熱氣。

阿遙自豪地介紹道：「這是我做的妖孽白粥二號，味道比起一號來有長足的進步！」

「……」莫榛抿了抿嘴角，放下鑰匙到客廳沙發上坐下，「我約了師父明天到家裡來。」

阿遙上揚的嘴角漸漸垮了下去，她在原地站了好久，才低下頭應了一聲。

看著她低落的樣子，莫榛忍不住有些心軟。他強迫自己不去看她，將身後的靠墊抱在懷裡，兩根修長的手指把玩著它柔軟的一角，「怎麼，能恢復記憶了，妳不高興嗎？」

像是被針刺了一下，心裡莫名刺痛。阿遙吸了吸鼻子，抬起頭來看著他，「榛榛，我是不是要走了？」

聲音裡帶著哭腔。

雖然阿遙一直都是演技派，但是莫榛知道，這次她不是在演戲。

早已平息的胃痛再一次襲來，他緊緊抱著懷裡的靠墊，自始至終沒有抬頭看她一眼，「妳本來就不屬於這裡。」

就像她突然出現在家門口的那天，總有一天，她還是得離開。

「我今天很累，先上樓睡了。」放下懷裡的靠墊，莫榛從沙發上站起，努力掩飾著身體不適。

阿遙沒有追上去，只是靜靜地看著他一步步上了樓梯，關上了門。

榛榛說的沒錯，她並不屬於這裡。

抱著雙腿在莫榛剛剛坐的地方蜷縮起來，她突然覺得有些冷。

果然是要入冬了。

第三十一章

師父

莫榛又是一夜無眠，天才剛亮，連續的瘋狂門鈴聲伴隨著喊聲，從一樓傳了上來。

「莫榛，再不開門，我就自己進去了。」

肯斯尼莊園的門窗隔音效果都很好，但敲門人的聲音卻近在耳邊，只能說明……此人內力極高。

在莫榛認識的人當中，能擁有此等內力的，恐怕只有師父了。

不過他剛才說什麼再不開門，他就自己進來了？

既然他能自己進來，幹嘛還要下去開門？

這麼一想，莫榛覺得挺有道理的，便心安理得地繼續睡。

「榛榛，是不是師父來了啊！」阿遙的掀被子絕技重出江湖，不同以往的是，在這個季節突然掀人被子，會讓對方冷得睡意全無。

把被子重新裹回身上，莫榛微微睜開眼道：「我知道了，妳先幫他開門，我馬上下去。」

阿遙雙手背在身後，不安地扭動了兩下，「師父不會直接收了我吧？」

「不會，不過如果妳再不給他開門，我也不確定他一氣之下會做出什麼事。」

聞言，她立刻穿過地板直接下樓。

她是靈體，遇到門這種障礙物通常都是直接穿過去，對於如何運用力量開門，她並不是很熟悉。

仔細研究了一下莫榛家的門鎖，阿遙大喊著：「芝麻開門！」

門應聲而開。

她沒見過天師，不知道天師該是個什麼樣，但即使天師不像電視裡演的那樣留長髮穿長袍，仙風道骨超塵脫俗，也不該這麼……時尚吧？

酒紅色襯衫配深灰色領帶，黑色的西裝長褲，腳底是黑色皮鞋，這優雅的貴族氣質就算馬上去參加高級舞會都不會突兀。

更別說在他微動的瀏海下那雙半瞇著的眼睛，簡直能吸走舞會上所有目光！

不對，這個人真的是師父？他看起來和榛榛差不多大呀！

「還滿意妳看到的嗎？」師父勾了勾嘴角，低沉磁性的聲音裡夾雜著絲絲笑意。

阿遙再次風一般地消失在原地。

「榛榛榛榛，門口那個好像不是師父，他看起來像個騙子！」

莫榛正在穿褲子的手因為她的闖入滯了滯，在停頓一秒後，他鎮定地拉上拉鍊，「那應該是師父沒錯。」

阿遙看了看他剛剛穿好的褲子，羞愧捂臉。竟然晚了一步，真是太羞愧了！

簡單地洗漱完後，莫榛就往一樓去。阿遙跟在後頭，還好奇地詢問著有關師父的事，「榛榛，師父叫什麼名字啊？他長得那麼帥，你怎麼不早點告訴我！」

「……」

「師父好年輕啊，今年多大了呀？」

「……」

「師父他……」

「師父他不是來跟妳相親的。」這次不等阿遙說完，莫榛就打斷她道，「還有，他是我師父不是妳師父，不要亂喊。」

「哼，小氣！」阿遙賭氣地鼓起嘴。

阿遙跟著莫榛下到一樓時，師父已經泡好一杯咖啡，優雅地坐在客廳沙發上。

莫榛抽了抽嘴角，從最後一級臺階上跨了下來，「師父，你還真是一點都不把這裡當成別人家。」

師父拿起桌上的白色馬克杯，抿了一小口咖啡，「你知道的，我向來是四海為家。」

「……」

「不過你那個小女鬼倒是滿可愛的，難怪你這麼捨不得她。」

師父的這句話說完，客廳便陷入了詭異的寂靜。

莫榛的臉色變了幾變，如果這個時候說他沒有捨不得她，會不會顯得有些欲蓋彌彰？

「師、師父，你也長得很帥啦～」阿遙嬌羞地說道。

莫榛無語，所以她的關注點只在前半句上嗎！

不過說起師父的長相，在小二那年見到他時，就是這個樣子了。轉眼過去這麼多年，外婆都過世了，師父的長相卻沒有一絲一毫的改變。

果然是個修行千年的老妖怪。

有什麼帥的啊？

「自我介紹一下，我是莫榛的師父，現在的名字叫常心。」師父放下杯子，從沙發上站起，對阿遙微微一笑。

阿遙緊張地站直身體，就差沒九十度鞠躬了，「師父您好，我、我現在的名字叫阿遙！」

常心的眉峰幾不可見地動了動，轉過頭去看莫榛，「你幫她取的名字？」

「呃……嗯。」莫榛的眼神閃爍了一下，錯開了常心的目光。

常心抿了抿嘴角，沒再說什麼。

他不說話，阿遙也不敢貿然開口，客廳裡安靜了那麼一小會兒，常心才轉過頭來道：「阿遙，妳知道妳並沒有死嗎？」

在原地呆愣了一會兒，阿遙才緩緩抬起頭，「如、如果我沒死，為什麼會變成這個樣子？」

常心側了側身子，正對著她解釋：「妳是生靈，和死靈有本質上的區別。雖然我不知道妳為什麼會靈魂出竅，不過既然是生靈，就能重新回到身體裡。」

莫榛皺了皺眉，站在一旁沒有說話。

阿遙似乎還在消化剛才的話，她看了莫榛一眼，才扭頭問：「要怎麼回到身體裡？」

「這個……」常心為難地頓了一下，也瞟了沉默不語的莫榛一眼，才繼續道，「時機還未到。」

「時機？」阿遙疑惑地眨了眨眼，「什麼是時機？它什麼時候才會到？」

常心輕笑一聲，那神祕的樣子倒真有幾分世外高人的感覺，「天機不可洩漏。」

「……」阿遙沉默了。

為什麼這些算命的總愛說這句話？既然不能洩漏，一開始就不要說嘛！

阿遙心中憤憤不平，但常心卻和莫榛聊起了民生大事，「聽說卡萊爾餐廳的牛排很好吃，正好我還沒吃早飯。」

「……師父，一大早吃牛排會消化不良的。」

不過這倒提醒了阿遙，她的眼睛猛然一亮，對常心道：「師父，我有白粥！」昨晚熬的妖孽白粥二號，莫榛一口都沒吃，她全都放進冰箱了，這會兒拿出來熱熱正好能吃。

沒等到常心回答，冰箱門就自己彈開，一個小湯鍋從裡面飄了出來，自己跑到了開火的瓦斯爐上。

常心見狀，揚了揚眉，頗為意外地看了她一眼，「是隻勤勞的小女鬼呢，難怪莫榛那麼捨不得妳。」

「……」莫榛在心裡嘆氣，師父非要這樣一再強調嗎？

不過這次他不糾結，他相信阿遙一定只聽了前半句。

「是嗎？榛榛很捨不得我嗎？」阿遙飄到莫榛面前，捧著臉看他。

說好的只聽前半句呢！

繞過滿臉期待的阿遙，莫榛走到廚房裡守著白粥。等白粥熱好以後，他沒再等阿遙動手，主動盛了兩碗，還翻出幾樣小菜，一同擺在桌上。

常心走到餐桌前，審視了桌上的菜色一番，點點頭道：「看起來還不錯，如

果這個白粥是現熬的就更好了。」

阿遙垂了垂眸，有些失落地低下頭道：「本來是昨天晚上熬的，可是榛榛他不吃。」

那幽怨的語氣和委屈的表情，就像莫榛是個千夫所指的負心漢。

最可怕的是，連本人都這樣覺得。

他一言不發地拉開椅子，坐下來默默喝粥。此時他只想做一個安靜喝粥的美男子，儘管他覺得阿遙又在演戲了。

看著莫榛的舉動，常心的嘴角越翹越高，他拉開莫榛身旁的椅子，也坐下來喝粥。

早飯吃得簡單，也吃得迅速，前後不過五分鐘，常心的碗已經見底了。

他用桌上的紙巾擦了擦嘴角，從椅子上站了起來，「為了感謝妳的白粥，這個手鐲送給妳，算是回禮。」他看著阿遙，說得風度翩翩。

話音剛落，他右手上就變魔術似地多出了一個手鐲。看不出是什麼材質的細環上，雕刻著繁複精細的花紋，中間綴著兩個小巧的鈴鐺，隨著師父右手的動作

發出輕微的鈴音，清脆悅耳。

「哇，師父你好厲害！」阿遙看得眼前一亮，「可是要怎麼戴在手上？」她沒有實體，就連衣服也是用了飄飄教的方法才換上的。

「很簡單。」常心笑了笑，讓她把手伸出來，將手鐲套進手腕。只見手鐲上亮光一閃，他緩緩鬆手，手鐲在她手腕上晃了幾下，卻沒有掉下去。

「哇！」阿遙興奮地晃了晃左手，鈴鐺也跟著響了幾聲，「榛榛你看，真的戴上了！」

莫榛朝她手上看了一眼，轉頭問道：「這個手鐲有什麼用？」

「她的靈魂離體太久，有損魂魄，手鐲可以幫她護住靈體。」常心說到這裡頓了頓，「不過，今天之內不要接觸人氣，否則會影響手鐲的靈力。」

「好。」阿遙似懂非懂地點了點頭，「怎樣才能不接觸人氣？」

「在家裡好好待著就行。」常心說完，轉頭看莫榛，「我們去吃牛排吧。」

「……師父大壞蛋！」阿遙邊哭邊飄走了。

第三十二章

桃花

阿遙趴在窗臺上看著跑車揚塵而去，終於還是打消了跟去的念頭。

師父看起來很厲害，要是偷偷跟過去，一定會被發現。

鈴鐺因動作而響了幾聲，抬起左手，她出神地看著做工精細的手鐲。

真的有種快離開的感覺呢……

莫榛一邊開車，一邊斜睨身旁坐得筆直的人，「師父，你到底想做什麼？」故意支開阿遙，又硬要拉著自己出門，絕不是為了吃一塊牛排。

常心低笑一聲，目光從窗外不停閃過的景色移向車內，「這話應該是我問你才對。莫榛，你是不是已經知道小女鬼的身分了？」他說阿遙沒死的時候，阿遙雖然愣了一瞬，但沒有表現得太意外，而莫榛，更是從頭到尾態度從容。

真是有趣。

握著方向盤的雙手下意識地緊了緊，莫榛沉默了片刻，才低聲答道：「我也是前幾天才知道的。」至於怎麼知道的，就沒必要提了。

「哦。」常心狐狸般地瞇了瞇眼，盯著莫榛看了一陣，才重新將目光投向窗外，「那你打算怎麼做？」

聞言，莫榛遲疑了一下，剛張嘴想回答，又被打斷了。

「先不用急著回答。我有沒有告訴過你，她回去原來的身體後，就會忘記這段時間發生的事，包括你？」

前面路口的綠燈閃爍了幾下，跳成紅燈，他們的車剛好在十字路口前停了下來。

等到漫長的紅燈過去，車子駛過了斑馬線，莫榛才緩緩開口：「除了讓她回去，我還能怎麼做？」

是的，他別無選擇。

常心沒有答話，只是沉默地看著窗外，車窗上隱約倒映著莫榛的側臉，稜角分明，線條流暢，卻透著一股說不出來的哀傷。

在心中輕嘆一聲，常心單手撐著下巴陷入了沉思。從第一次見到莫榛起，他就知道這個孩子將來註定會有一劫，桃花劫。

其實就算不會看相算命，光以莫榛出眾的相貌，就有不少人說過他會命犯桃花。

偏偏莫榛這個人，不容易動心，更不容易動情。所以那些命中的桃花還來不及開，就凋謝在莫天王的冷漠之下。可是一旦他用了情，便是在劫難逃。

「聽說她從樓梯上摔下來，現在還昏迷不醒。」莫榛的聲音很低，像是在對師父說，又像在自言自語。

常心用餘光瞟了眼明顯心不在焉的徒弟，淡淡地詢問道：「你不打算去看看她嗎？」

這句話就像個誘餌，總會有魚兒輕易上鉤。

「看她？」他下意識地重複了這兩個字，他可以去看她嗎？記得向雲澤說過，她在中心醫院。

這個念頭才剛冒出來，方向盤已經硬生生地轉了個大彎。要去中心醫院的話，這個路口應該右轉。

察覺到行進方向的改變，常心忍不住悶笑一聲。情果然是這個世上最難參悟的東西，它能讓一個人變得不像自己。

A市中心醫院從不缺生意，即使在其他醫院大裁員，空床率節節高升的時候，它依然人滿為患。

莫榛將外套的衣領立起，從後座拿了頂鴨舌帽，又翻出大墨鏡，把自己裝扮得像個變態後，還是有些不放心。

要是有口罩就更好了，不如請師父先去醫院裡買一個？

莫榛正想開口，就聽師父問道：「她叫什麼名字？我去幫你問她的病房。」

「……黎顏。」這次他第一次說出她的真名，或許也是最後一次了。

這個名字遠比想像中還要難記，阿遙好聽多了。

在一樓服務臺問到病房號碼後，師父走到前面轉角處，向躲在角落的莫榛說了個數字。樓層不算太高，為了保險起見，莫榛選擇了人煙稀少的樓梯。

對於這點，常心頗有微詞，這種行徑根本就是在虐待老人。

不過老人也有好奇心，他跟在莫榛後頭，走得健步如飛。

黎顏的病房在樓梯間旁邊算起的第三間，房間寬敞明亮，還是單人病房。在大醫院能住到單人病房，看來她的家境不錯。

病房裡沒有別人，莫榛靜靜地站在走廊上，透過玻璃窗看著房裡的人。

她的臉色有點蒼白，嘴唇也沒什麼血色，看起來比阿遙瘦了不少。埋在左手背上的針頭，上面貼著幾條白色膠帶，高高掛起的點滴正一滴一滴地滑入她身體裡。

莫榛的眸光動了動，她看起來很虛弱，和照片上那個笑容洋溢的女孩有著天壤之別。

「不進去嗎？」師父的詢問打斷了他的思緒。

她就在那裡，只要走進去，就能夠碰到她。

可惜這一次他沒再上鉤。

「走吧。」不知道站了多久，莫榛終於丟出了兩個字。

常心看了他一眼，嘴角勾起淺淺的弧度，沒再多說什麼，跟著他往樓梯間走去。

直到兩人的背影消失在走廊盡頭，一道人影才從走廊另一端走了出來。

向雲澤。

雖然莫榛刻意偽裝過，但他不會認錯人。那種天生帶著光芒的氣息，除了那位大明星好友，不會有別人。

眉頭緊蹙，向雲澤站在原地，看著莫榛消失的方向出神。

他來這裡做什麼？

他剛才站的位置是黎顏的病房前，雖然自己提起過黎顏的名字和中心醫院，但他不認為莫榛會特意來看一個素不相識的人。

「向先生，你在這裡發什麼呆？」陳清揚剛好也到了，就見向雲澤一個人杵在走廊上，神情憂鬱。

向雲澤對她的抱怨置若罔聞，仍是站在原地一動不動。

陳清揚皺了皺眉，也往向雲澤看的地方望去。

除了空空如也的走廊，什麼也沒有，這人到底在看什麼啊？

很多年後，每當陳清揚回想起這時的情景，都忍不住老淚縱橫一把——

她和莫天王，就這樣錯過了！

「喂！」收回目光，陳清揚對著向雲澤的耳朵大叫一聲。

向雲澤明顯受到了驚嚇，整個人震了一下，才轉頭看著她道：「公共場合請不要高聲喧譁。」

陳清揚翻了翻白眼，心想公共場合也請不要隨地石化好嗎！

嘴裡嘟囔著什麼，繞過木椿向先生，她朝黎顏的病房走了過去。

雖然方醫生之前說過黎顏快醒了，可是都過了一個多月，她也沒看出來黎顏哪裡要醒了。

陳清揚抱著懷裡的包包，在病床旁邊坐下，向雲澤也推門走了進來。

「你剛才到底在看什麼啊？」從包包裡翻出幾顆巧克力，順手扔給了他。

「一個熟人。」向雲澤下意識地接住飛過來的東西，看清是巧克力後，又扔了回去，「我不喜歡吃甜食。」

陳清揚撇了撇嘴，自己剝開一顆，扔進嘴裡，「甜食可以啟動大腦，你們這些高智商的人不都喜歡吃這個？」

「妳聽誰說的？」向雲澤輕笑一聲，「高森就喜歡吃檸檬。」

「他當然不一樣！」講到自己的偶像，陳清揚突然激動起來，「莫天王演的當然不一樣！你知道些什麼，哼！」

莫天王才剛從這裡離開，妳知道嗎？

向雲澤雖然很想開口，不過還是忍住沒說。

「唉。」激動完，陳清揚的情緒又低落下來，「要是換了以前，我們這樣當著大力的面吃東西，她一定會爬起來揍我們的。」

「……」向雲澤心想，所以這就是她老在病房裡吃東西的真相？真是用心良苦啊。「對了，妳喜歡莫榛？」

「廢話，不然你以為我的筆名為什麼叫水煮檸檬？」陳清揚沒好氣地白了他一眼。

「哦。」向雲澤淡笑著點了點頭，沒再接話。

病房裡安靜了一小會兒，陳清揚才輕聲地問道：「向先生，你覺得大力什麼時候才會醒啊……」

朝黎顏看了一眼，向雲澤抿了抿嘴角，「我想快了。」

陳清揚不解地皺起眉頭，賣什麼關子啊，快什麼快，難道你是醫生不成？

從醫院出來後，莫榛還是載著師父去了一趟西餐廳。不出意外的，餐廳當然還沒營業。

常心對此很不滿意，他連西裝都穿好了，西餐廳竟然沒開？。

為了避免師父脾氣上來，莫榛趕緊開離西餐廳，這個人年齡一大把，做事還是隨心所欲。

「師父，你那個手鐲管用嗎？」不知是為了轉移師父的注意力，還是真的想問，莫榛涼淡的聲音突然響起。

「你是在懷疑我的能力？」常心不悅地瞇了瞇眼，「有了那個手鐲，她至少還能在外面待個半年。」

半年？莫榛的眸光動了動，他只需要半個月就可以了。

「師父，阿遙能坐飛機嗎？」

第三十三章

旅行

就在天色完全暗下來時，莫榛終於回到家中。

因為早上請了半天假，下午差點被導演磨掉一層皮。嘆了口氣，他掏出鑰匙準備開門。

阿遙正飄在沙發上看電視，聽到開門聲，啪一聲關上電視。

「榛榛，你回來啦！你吃晚飯了嗎？」她殷勤地迎了上去，就像一個等待丈夫歸家的賢慧妻子。

「還沒。」莫榛脫下鞋子，順手將外套扔在沙發上。

「我煎了牛小排！」對於自己做的食物，阿遙總是努力地想讓他嘗嘗。

莫榛有些意外，「妳會煎牛排？」

「是啊，我上網查到的！」

許多事情，就是這樣樂極生悲的。

「哦，上網。」莫榛淡然地點點頭，朝廚房走去。

阿遙緊緊跟在他身後，一臉堅定地保證道：「但是我沒有逛論壇，更沒有在論壇上罵你，我發誓！」同時還做了一個發誓的手勢。

莫榛沒有回頭，只是看了一眼平底鍋上煎得恰到好處的牛排。這些牛小排還是前不久唐強送來的，只是他一直沒有時間弄來吃。

其實就算有時間，他也懶得弄。

牛排還是熱的，應該是剛煎好不久。莫榛用鍋鏟把它鏟到盤子上，再拿到餐桌邊坐下來吃。

切下一小塊牛排放進嘴裡，莫榛覺得味道還不錯。打開手邊的筆電，莫榛沒有去查網頁紀錄，而是直接搜尋起格雷梅的熱氣球。

阿遙好奇地湊上前，目不轉睛地盯著電腦螢幕，「哇！這裡好漂亮呀！」

「嗯。」莫榛淡淡地應了聲，專心看著螢幕。

「榛榛，你要去旅遊嗎？」阿遙扭過頭，眼睛亮亮地注視著他。

莫榛側頭看她一眼，重新看向電腦螢幕，「《上帝禁區三》馬上就要殺青了，我之後沒什麼工作，想出去走走。」

「這樣啊。」阿遙重重地點了點頭，「帶我去帶我去！」她拚命地指著自己。

看著她可愛的舉動，莫榛努力壓抑想揚起的嘴角，又起一塊牛小排放進嘴

裡，掩去了笑意，「妳？那裡很遠，妳能坐飛機嗎？」

「飛機？」阿遙苦惱地皺起眉頭，雖然她能飛得很高很高，可是飛機飛那麼高，好像還是有點難度……「我會努力的！」

為了跟榛榛去旅遊，她拚了！

莫榛始終還是沒有忍住，笑出聲來。他捂著嘴乾咳兩聲，漫不經心地看著螢幕上的熱氣球道：「剛好今天師父給了我一個寶物，說是鬼魂只要附在上面，就能去任何地方。」

「真的嗎？」彷彿在沙漠裡看見綠洲，阿遙眼睛亮了起來。

本來想說隨便附身在同班機的旅客身上，等到了目的地再出來。現在有了這個法寶，就不用擔心不能坐飛機了！

想到能去看熱氣球，阿遙都高興得在廚房裡飄來飄去。

看著她開心的模樣，自己心底也升起一股愉悅感。莫榛再度壓抑笑意，含糊不清地應了一聲，繼續搜尋旅遊資訊。

阿遙很興奮，一直問莫榛什麼時候出發，莫榛被吵得頭疼，只說等電影殺青後就出發。

整個晚上她又是轉圈又是穿牆，吵得莫榛忍無可忍地上二樓睡覺。她本來想趁機跟上去，卻敗在他威脅的眼神下。那眼神就好像在說，要是再跟著我，妳就別想去旅行了。

為了熱氣球，阿遙只好乖乖地飄回客廳。

沒了吵鬧聲，莫榛躺在床上，很快就睡著了。

隔天早上五點四十九分，莫榛自動睜開了眼，卻沒什麼睡意，於是順手打給唐強。

唐強剛刷完牙，正準備喝口熱水就打給莫榛，沒想到被搶先了。

「唐強，你現在在哪裡？」

「這麼一大早，我當然在家裡。」唐強偏了偏頭，用肩膀夾住耳邊的手機，換上了一條西裝褲。

「到公司見個面吧，我有點事想和你說。」

唐強眉頭微蹙，「不能在片場說嗎？」臨近殺青，最近劇組忙得焦頭爛額，

他實在不想耽誤時間再去公司一趟。

「片場不太方便。」聲音有些含糊不清，唐強都要懷疑對方是不是一邊刷牙一邊和自己通電話了。

「好吧。」點了點頭，唐強問道，「我現在過去，你大概什麼時候到？」

「我也現在去公司，最多半個小時。」莫榛吐掉嘴裡的漱口水，掛斷電話。

下樓時，阿遙意外地看著他，「榛榛，今天這麼早啊？」她還沒有去掀被子呢，他怎麼就自己起來了？

「嗯，我有事要先去公司一趟。」莫榛邊穿外套邊往外走，在門口被阿遙攔住了，「不吃早飯嗎？」

「去公司吃。」

「好吧。」阿遙跟在他身後，準備一起出門。

莫榛出門走了幾步後，轉過身道：「劇組再一個禮拜就能殺青了，妳這段時間先留在家裡，看看旅行有什麼需要準備的。」

「哦……」她一隻鬼有什麼好準備的？雖然覺得莫榛的理由很爛，但因為擔心他會臨時變卦不帶自己，她還是決定乖乖地做一隻聽話的好女鬼。

見阿遙聽話地飄回了客廳，莫榛才轉身出了門。從車庫裡開車出去，他看了看時間，才剛好六點。

因為時間太早，路上幾乎沒什麼人，莫榛這一路走得十分順暢，到達公司時，才用了二十分鐘。

凱皇的大門還沒有打開，門口只有一個保安在半瞇著眼睛打盹。莫榛從員工通道進了公司，電梯一路往上，在三十六樓停了下來。穿過熟悉的走廊，難得沒有在唐強辦公室門口看見韓梅梅的影子。

敲了兩下門，莫榛推門進去，唐強已經在裡面了。

倒了杯溫水給莫榛，唐強示意他坐下，「這麼急著找我有什麼事？」

莫榛抿了口杯裡的水，簡單地道，「唐強，《上帝禁區三》殺青後，我想休息半個月。」

唐強眉頭皺了起來，「能告訴我發生什麼事了嗎？」

「我想出國旅遊。」

唐強心想，不會說外婆得了癌症，外公去世了嗎？出國旅遊這種理由誰會批准！

考量了一下，他艱難地開口對莫榛道：「莫榛，你不是不知道，年底是最忙的時候，你怎麼會挑這個時候出國？而且你年底還有張專輯要發。」

莫榛抿了抿唇，解釋道：「我就是想和你商量專輯的事，能不能等到年後再發？」

「我可以等，但你的粉絲能不能等？」唐強終於動氣了，「莫榛，你上張專輯都是去年發的，這次這張專輯在製作和宣傳上公司都砸了不少錢，現在歌都選好了，你說要延後，怎麼跟公司和粉絲交代？」

莫榛皺了皺眉，《lost heaven》是他時隔一年半即將發行的全新專輯，製作團隊全是在樂壇首屈一指的人物，主打歌也是他親自填詞寫曲，不止公司很重視，他自己也同樣重視。

這些他都明白，只是……阿遙馬上就要回去了，甚至連他是誰都會忘記，他只想在這之前，帶她去她想去的地方，做她想做的事。

他能做的，只有這些。

「這趟旅行對我來說很重要，我必須去。」莫榛眼裡雖有歉疚，卻沒有一絲一毫的退讓，「粉絲那邊我會好好解釋並道歉的，給公司造成麻煩我很抱歉。」

唐強沉默了。

莫榛出道這麼多年，從沒提過什麼無理要求，相信他堅持一定要去，應該有非常重要的理由，但自己能理解，公司不見得會理解。

「好吧，我盡量跟公司說看看。」

「謝謝。」莫榛站起身，對他露出一個如沐春風的笑容。

唐強撇了撇嘴，竟然還用美人計，簡直太過分！「我問一下，你準備跟誰一起去？」看他這麼著急，像是趕著去蜜月旅行一樣。

莫榛低頭看了他一眼，微微勾了勾嘴角，「一個人。」

「一個人？」唐強不太相信，「你去哪裡？」

「格雷梅，坐熱氣球。」

「……」好吧，這麼童心未泯的行程，確實找不到什麼同伴。

說起童心未泯，他才想起又有兩箱包裹寄到了家裡，「莫榛，你什麼時候買的零食？我那裡收到了兩箱。」

「是嗎？」莫榛揚了揚眉，沒想到包裹來得這麼快，「你有帶來嗎？」

「帶來了，在我車上。」唐強覺得自己真的很像保母，不，比保母還命苦，至少保母不用跟在後頭擦屁股，「我們先下去吧，差不多該去片場了。」

「嗯。」莫榛應了聲，跟他一起離開辦公室。

第三十四章

戀愛

映。

《上帝禁區三》趕在月底準時殺青，之後將進入後期製作，預計明年四月上映。

從前期籌備到拍攝結束，耗費一年三個月，拍攝終於結束，莫榛總算鬆了一口氣。身為《上帝禁區》系列的主演，他的時間和精力幾乎都投入這部電影了，而公司也等著他再得影帝。

原本按照公司安排，拍攝結束後他就要進入專輯錄製，然後趕在年底耶誕節發行。

不過這個計畫最終還是因為莫榛的一句話而打亂。

做為一個金牌保母，唐強憑著自己的三寸不爛之舌說服了公司上層，把專輯的發行日期延到了明年的情人節。

公司這邊有唐強幫莫榛穩住上層，粉絲那邊就得靠他自己了。

此次事件的最大原因，正悠閒地坐在客廳沙發上，一邊吃著進口餅乾，一邊看FB上的留言。

公司還沒公布專輯延後發行的消息，就是要莫榛親自向粉絲解釋。等他穩住

了粉絲的情緒，公司再發表正式聲明就好。

對於這個決定，莫榛沒有任何異議，畢竟這件事是他不對在先。只是要怎麼跟粉絲解釋……必須要編得合情合理且博人同情才可以。

「榛榛，土耳其那邊冷不冷啊，需不需要帶羽絨外套啊？」阿遙從二樓飄了下來，跟在她身後的還有一件寬大的羽絨外套，莫榛的。

眼角忍不住跳了一下，莫榛一把拉住飄在半空中的羽絨外套，神情頗為不耐，「不需要。我查過了，未來一週那邊都是晴天，溫度也不低。」

「哦。」阿遙點了點頭，想一想又道，「那你還需要帶什麼換洗的衣物？比如那個什麼什麼的。」說著說著，她嬌羞地低下頭。

「……」那個什麼什麼是什麼啊！

不自覺用力地抓緊手裡的羽絨外套，莫榛努力沒讓自己咆哮出聲，「不要翻我的衣櫃，我的東西我自己會收。」

「……哦，好吧。」阿遙乖乖地飄到一旁的沙發上躺下，露出有點寂寞的表情。

看著她可憐兮兮的模樣，以往的自己肯定能夠直接無視，現在怎麼心一抽一抽地痛起來了。

不行，要是真的放任她去收行李，自己的什麼什麼肯定會被看光。

深呼吸一口氣，莫榛再一次編輯起FB的貼文。

「非常抱歉，原本計畫十二月二十五日發行的專輯《lost heaven》要延後了。主要是因為主打歌，我修改到現在依然不滿意。這張專輯公司和我都投入了很多心血，大家也等了很久，我不希望用半成品來敷衍大家，所以才做了延遲發行的決定。過幾天我會出去走走，希望能找到新的靈感，請大家理解。」

他又看了幾遍，覺得語言誠懇、態度真摯，應該沒什麼大問題。

盯著FB想了一會兒，他決定連同發文一起傳張自拍照，這樣效果可能會更好。左挑又挑，終於挑了一張四十五度仰望天空的角度後，將那篇文連著自拍照，一起發了出去。

他有些緊張地等著粉絲的反應。

「嗚嗚，這一定是我今年聽到的最大的噩耗，榛榛榛榛子，不能只虐我一個人，我要分享一百次！」

「雖然男神打了這麼多字我很激動，但我還是忍不住想說……今天不是愚人節吧？」

「榛子，專輯會延到什麼時候啊？（哭）」

「理解榛子，錢我已經存好了，你什麼時候出我就什麼時候買^_^」

「呵呵，寫不出來就直說吧，扯什麼靈感。莫榛本來就只靠一張臉吃飯，要唱功沒唱功，要演技沒演技。」

莫榛的眼皮跳了跳，留言裡時不時就會跑出這種陰陽怪氣的人，雖然那人很快就被粉絲們罵到改留言，但他還是忍不住怒了一下。

又重新整理一次網頁，他發現水煮檸檬也分享了這則貼文。

「看到內容時，我很氣憤。但看到配圖後好像突然沒那麼氣了，我是一個人？」

下方一堆「妳不是一個人」的留言。

莫榛滿意了，果然還是看臉的世界比較單純可愛。

「榛榛，你在做什麼？」阿遙從沙發上飄下，湊到莫榛前面。

只見莫榛眼疾手快地闔上螢幕，甚至粗暴地拔掉電源。

阿遙一愣，抿了抿唇，尷尬地開口：「榛榛，你是正常男孩子，逛情色網站也是正常的，我不會鄙視你。」

「……」好想開口解釋，但是不行啊啊啊啊啊！

這則發文出來沒多久，凱皇的官網上也公布了專輯延後的消息，並暫定發行日期改為明年的情人節。

本來還心存僥倖的粉絲現在徹底死心了，網路上哀鴻遍野，這件事趕在今年底，擠進了本年度十大慘案排行榜。

陳清揚關掉手機，神情哀傷地走進了黎顏的病房。

向雲澤回頭，見她無精打采的樣子，忍不住問道：「怎麼了？」

「剛剛發生了一件慘案。」抱著包包在向雲澤身邊坐下，陳清揚還吸了吸鼻子，哽咽地道，「莫天王的專輯要延後發行了……」

向雲澤眨了眨眼，「為什麼？」

「他說要出去走走尋找靈感。」可惡，該死的靈感。

向雲澤的眉頭微動，出去走走？他怎麼沒聽莫榛提過？重點是，他和誰一起去？

內心掙扎了一下，他還是沒有打電話問莫榛這件事。而莫榛也踏上了去土耳其的征途，哦不，是旅途。

出發前，一人一鬼先測試了一下師父給的法寶，看看是不是真的能用。那個法寶外型像一只尾戒，做得很精緻，還能根據手指粗細調整大小。

阿遙興致勃勃地鑽進尾戒裡，又出來，鑽進去，又出來，重複了三次，她興奮地對莫榛道：「榛榛，我覺得自己好像阿拉丁神燈精靈喔！」

「……」他倒覺得自己比較像弄蛇人。

雖然目的地是格雷梅，但他們的第一站是塞爾丘克。坐了十個小時的飛機，阿遙從尾戒裡出來時，已經是黃昏了。

中東風格的建築透著濃郁的宗教氣息，隨處可見的鮮花和小貓更是為異國風情添加了一股溫情。

莫榛拿出相機對著街道上的小貓拍照，阿遙則興奮地飄在一旁和小貓交流。黃昏的街道透著柔和的光芒，莫榛面對著夕陽，站在一個白牆小屋的角落，朝自己按下了快門。

拍完照後，就直接前往預定的飯店。飯店的陽臺正對著聖約翰教堂，阿遙一進屋就迫不及待地飄到陽臺上。

莫榛從包包裡拿出筆電，連上了飯店的網路。

這算是唐強跟他交換的要求，每到一個地方都要發文，以示自己安全，順便增加粉絲的關注度。

挑了兩張剛才拍的照片上傳，莫榛也沒等著粉絲回覆，直接關了電腦在床上休息。

坐了一天的飛機，他現在只想為明天的行程養精蓄銳。

FB上早已因為莫榛的兩張照片吵翻天。

「男神說的出去走走，是去旅遊？一個人？」

「蜜月……旅行？」

「男神到底是跟誰去的啊啊啊！但是照片是自拍啊啊啊！」

這條FB很快就被分享到海角論壇，身為版主的陳清揚在第一時間就看見了這篇文章。

樓主貼上了莫榛FB的高清截圖，還做了一句批註——推測男神戀愛了。

接著，整個論壇都瘋了。

「說戀愛的人給我滾出去！」

「我的男神怎麼可能戀愛，呵呵呵。」

「我能岔個題嗎，被榛子帥哭惹，嗚嗚」

「樓主簡直喪心病狂，榛子那麼帥，怎麼可能有人陪他一起旅行！他一定是一個人！」

「我覺得樓上的說法更有病啊……」

「你們不用爭了，有比戀愛更有病的東西嗎？」

事實證明，確實有比戀愛更有病的東西——陳清揚鎖了樓主的ＩＰ。竟敢說莫天王戀愛？信不信她封她全家ＩＰ！

向雲澤看著怒氣沖沖地坐在病房外走廊的陳清揚，忍不住勾了勾嘴角，走上前去，「妳家莫天王又怎麼了？」

陳清揚沉默了一下，才抬起頭來道：「向向，她們說莫天王戀愛了……」眼眶還噙著淚水。

向雲澤都不知道該吐槽那聲向向好，還是吐槽那雙泛著淚的大眼睛。在陳清揚的身邊坐下，他輕輕拍了拍她的腦袋，「莫榛也是正常男人，會戀愛很正常。」

當下，陳清揚都不知道這個人是來安慰還是來結怨的了。

憤恨地甩開頭頂上的大手，紅通通的眼睛眨也不眨地瞪著他，「你才戀愛，你跟隔壁大嬸戀愛，哼！」

「……」什麼時候戀愛也成了罵人的話？

說完，陳清揚還踹了他一腳，然後頭也不回地跑出了醫院。

看著她的背影消失在拐角，向雲澤有些無奈地笑了笑。

這女孩還真好逗弄。

不過話說回來，莫榛戀愛了？他怎麼不知道？

第三十五章

眼睛

莫榛訂的是單人房，雖然他還帶著一隻性別為女的阿遙，但也不可能再幫她多訂一個房間。

阿遙從陽臺上進房間時，見莫榛已經躺在床上沉沉睡去，呼吸綿長而均勻。夕陽的餘暉輕盈地灑落在他臉上，平日裡凌厲的線條此時也柔和了不少。

這毫無防備的模樣，讓人很想上去吃一把豆腐。

輕輕地飄到莫榛面前，阿遙彎下腰低聲道：「榛榛，我可以睡在你旁邊嗎？」

模樣看似詢問，但沒等他回答，她已經在莫榛身邊躺下了。

正確來說，是浮在床上。

心裡嘿嘿笑了兩聲，阿遙扭過頭去看著身旁的人，高挺的鼻梁、性感的薄唇、細密捲翹的睫毛。

睫毛這麼長，真的不會看不清路嗎？該不會是假睫毛吧，要不要拔一根下來試試？

想著想著，她就往莫榛身邊挪動了幾分，微微揚起頭，直直盯著他。

按照偷吃豆腐的劇情走，接下來的發展應該是吻戲。

緊盯著他的側臉，她緊張地吞了一口唾沫，緩緩低下頭，看著他的臉在自己面前慢慢放大。如果自己有呼吸，那麼此時她的呼吸就會驚醒他了吧？

沒有呼吸真是太棒了，簡直是偷親的神技能。

就在她的唇快要貼上他的側臉時，放在床頭的手機響了起來。

犯人還來不及撤退，被害者已經睜開了眼睛。

大眼瞪小眼。

「哈哈……」尷尬地笑了兩聲，阿遙順勢飄遠了些，「榛榛，你的皮膚好好哦，靠這麼近都看不到毛孔。」

莫榛移開目光沒有說話，他拿起手機看了一眼，翻身下床。

「喂？」走到陽臺，莫榛接通電話。

「負心漢，你太讓人傷心了！」

莫榛深吸一口氣，拿起手機確認來電者是誰，才沒好氣地回：「向博士，你晚上不睡覺，打來發什麼神經？」

睡。

現在那裡已經過十二點了，向雲澤的生活習慣向來良好，十二點前一定會入睡。

只聽到向雲澤嘆了一口氣，語氣哀怨：「你戀愛了，可是對象不是我，我心痛得睡不著。」

莫榛無聲地翻了個白眼，耐著性子問：「誰說我戀愛了？」

「網路上都這麼說。」

「……」在他補眠的時間裡，究竟發生了什麼事？

再次深吸一口氣，努力讓自己不要發火，耐著性子解釋：「我人在土耳其，一分鐘十塊錢的長途電話，就為了聽你這些廢話？」

向雲澤終於忍不住笑了一聲，「你跑到土耳其去做什麼？和誰一起去？」

「……你現在的反應真像一個在審問妻子紅杏出牆的丈夫。」

「我是啊。」

「……」雖然他很想掛電話，不過還是說了，「我一個人。」

這個答案在向雲澤的意料之中。莫榛從小性格就有些孤僻，人又長得太好看，所以老是被人當成眼中釘。現在長大了，雖然不再像小時候那樣拒人於千里之外，但朋友也始終只有那幾個。

說起來，小學有段時間，班裡有同學謠傳莫榛能和鬼說話，搞得大家更不敢接近他，後來還是自己把那個散播謠言的同學揍了一頓。

現在回想起來，向雲澤忍不住笑著問道：「該不會還有你的鬼朋友吧？」

有時候真相，往往都是看起來最不可能的那個。

莫榛看了一眼在大床上打滾的阿遙，「是啊，還是一隻漂亮的女鬼。」

結束通話時，已經過了五分鐘。莫榛剛走到電腦桌前坐下，阿遙就從床上飄起，習慣性地湊到他面前，「榛榛，你和誰講電話呀？神神祕祕的。」

莫榛瞟了她一眼，答道：「女朋友。」

只見阿遙疑惑地眨了眨大眼睛，「我剛才沒有和你講電話啊。」

「……」她的厚臉皮在國外達到最高等級。

不再理會黏在身邊的阿遙，他再次打開電腦，發現網上果然都在傳自己戀愛的消息。

再不出來澄清，恐怕公司會命令他明天就回國。

只好無奈地發了一篇新的動態：

「這是我一個人的旅行，明天會去遊覽幾座古蹟，今晚打算早點睡，大家晚安。」

雖然國內已經過了十二點，但是夜貓子很多。莫榛的這則發文貼出去沒多久，就得到粉絲們的熱烈回應。

「太好了，男神果然是一個人，可以安心睡覺了！」

「正在為您直播的是『帥到沒朋友系列part2』！」

「繼一個人逛遊樂園後是一個人旅行，下次難道是一個人結……婚？」

得到滿意答案的向雲澤，正要睡覺，就聽到手機響了起來。

「向向，莫天王他是一個人去旅遊的，他才沒有戀愛！」

熟悉的暱稱和聲音，讓向雲澤的嘴角抽了抽，繼而轉化成一個淺淺的弧度，

「哦，那真是恭喜妳。」

「他還說了晚安！」

「嗯，所以妳快點洗澡睡覺吧。」

「……」莫天王才不是這個意思！

掛斷電話，她哼著曲子發了一條FB動態——**聽說莫天王寂寞地一個人旅遊，我決定陪他一起，熬夜寫文！**

在飯店休息一晚後，莫榛的精神已經好了很多，阿遙就更不用說，身為一隻鬼，她就像不知疲憊一樣，一直都精神抖擻。

簡單地用過早餐，莫榛收拾了一下東西，就帶著她出了飯店。

十二月的天空依舊湛藍，暖暖的陽光曬在身上，一點也不覺得寒冷。莫榛只穿了件襯衫和外套，一邊走在米利都乾淨整潔的街道上，一邊四處拍照。

這就是國外的好處，他不用刻意偽裝，也能夠光明正大地走在陽光下。偶爾也會有人認出他來，但也只是遠遠地看著他，朝他點頭微笑。

米利都除了擁有一個保存完好的半圓形劇場，街道也十分有特色。在街邊的一家小店裡點了一些吃的，莫榛坐在椅子上欣賞剛才拍的照片。

阿遙蹲在一旁逗弄著店家的花貓，小貓就像能看見阿遙似的，一直對著她喵喵叫。她伸出手，象徵性地摸著小貓仰起的腦袋，正午的陽光不偏不倚地照在她和小貓身上，一鬼一貓的身體像是散著光芒。

莫榛情不自禁地舉起相機，對著阿遙的方向按下了快門。

喀嚓一聲，被記錄下來的只有小花貓，左邊空出的那塊填充著正午透明的陽光。

雖然拍不出阿遙，但莫榛還是對著照片勾了勾嘴角。

情人的眼睛是最好的相機，它能幫人記錄下相機無法記錄的美好瞬間。

剛才那一幕，已經住進了他的心裡。

晚上在愛琴海畔的飯店落腳。到房間後，阿遙好像終於有點累了，直接霸占了那張雙人大床——雖然她根本感受不到床的柔軟，但能過過癮也好。

莫榛放下行李，走到陽臺上的桌子旁坐下，拿出筆電發文。

比起之前的兩張照片，今天顯然敬業許多，因為他貼了一套九張照片的圖組。

除了有壯觀的歷史遺跡、爬滿九重葛的白色小屋、趴在地上慵懶洋洋地曬太陽的貓咪，也有路上偶遇的行人。

當然，最不可少的就是自拍照。

這次粉絲的反應比上次更快更熱烈，幾乎是在一瞬間就把這則貼文送上了熱門排行榜。

莫榛翻看著評論，裡面有震驚景色很美的，有震驚他拍照技術高超的，也有震驚他戴了尾戒。

尾戒，代表孤獨、自立、單身。

看來男神已經認識到自己「帥到沒朋友，單身一輩子」的宿命了。

粉絲們表示欣慰。

而觀看粉絲留言的莫榛忍不住笑了，昨天還在猜測他戀愛，今天就分析他會單身一輩子，大家的想法未免變得太快。

去浴室洗了個澡，莫榛看著躺在床上的阿遙，真想一腳把她踹下床，可是也只能用想的。

「妳不是不用睡覺嗎？」冷淡的聲音從頭頂傳來，阿遙嘟囔一聲，睜開一隻眼，看了看站在一旁的莫榛，然後往右邊飄了一點。

看著空出來的半張床，莫榛沒有任何動作。

迫於他眼神的壓力，阿遙又往右邊挪了挪，可是他還是不動。

阿遙不高興了，「這張床大家都有分，你不能趕我走，何況我們又不是沒睡過。」昨天晚上還一起睡了呢！

「……」什麼叫沒睡過？能不能把話說得完整一點！

洩憤似地趟在阿遙空出來的半邊床上，莫榛一把扯過被子蓋在胸前。剛剛洗過澡的身體還帶著濕漉漉的水氣，混合著沐浴乳的香氣一起飄進了阿遙的鼻子。

小貓似地吸了吸鼻子，阿遙悄悄往他身邊挪去，「榛榛，你好香。」

莫榛閉眼，不想理她。

「榛榛～」繼續往他身邊挪，轉眼已經貼到了耳邊。

燙。

毫無徵兆地，昨晚阿遙偷親自己的畫面浮現在腦海，莫榛突然覺得耳朵有點

抓著被子翻了個身，他決定用冷酷的後背對著她。

阿遙沒再貼近，只是輕聲地說了一句：「榛榛晚安。」

晚安。

第三十六章

再見

在愛琴海畔待了三天，終於要出發去終點站——格雷梅。

為了能看見日出，莫榛不得不起了個大早。凌晨四點半，熱氣球公司的車已經等在飯店門口。

本以為是淡季不會有多少遊客，可是到了目的地才發現，乘熱氣球的人多到令他不悅。

在等待熱氣球充氣的期間，莫榛順手用相機拍了幾張照片。

阿遙見他拍照，眼疾手快地湊了過去，對著鏡頭比了一個V。

「……又拍不到妳，幹嘛靠過來。」

「不是都說相機捕捉得到鬼的身影嘛～」

看來她不止演技好，鏡頭感也很強。

莫榛乘坐的熱氣球大概是人最少的一個，算上飛行員在內才七個人。當然，還有一隻大家都看不見的女鬼。

考慮到上面的風比較大，他今天特意多穿了一件外套，還戴上了久無用武之地的茶色墨鏡。

在莫榛出現以前，那個高高帥帥的飛行員一直是大家關注的重點，可是現在大家都興奮地看著莫榛，小聲地交談著。

這種程度的圍觀他早就習以為常，比較不爽的是，為什麼阿遙一直盯著那個飛行員看？

「榛榛，外國的男人果然不錯啊！」阿遙用眼睛吃盡飛行員豆腐後，終於飄回莫榛身邊。

莫榛冷哼一聲，沒有接話。

五顏六色的熱氣球緩緩上升，就像無數隻彩色小鳥翱翔在格雷梅上空。

格雷梅的樣貌漸漸展現在眼前，一直延伸到天邊，和正待日出的藍天融為一體。泛著晨光的白雲下，米粒大小的熱氣球成了天空最美的裝飾。

莫榛換著角度拍攝難得一見的景色，阿遙更是飄在旁邊，指著空中的熱氣球哇哇大叫。在這樣的景色下，其他人終於將注意力轉移到了風景上。

「榛榛你看，我把氣球握在手裡了！」阿遙藉著角度，「握住」了遠處的一個熱氣球。

莫榛聞言，回過頭，順手按下了相機快門。

阿遙像是玩上癮，又做了一個戳破氣球的姿勢。莫榛透過鏡頭看著笑靨如花的阿遙，太陽正好在她頭頂，害羞地露出小半張臉，如同神蹟一般將白雲和藍天染上了一層淡金色。

他沉靜的眼底終於掀起了一絲波瀾，手指微微一動，將這一幕收進相機裡。

好想碰碰她。

他可以在心裡描繪出她開心時嘴角翹起的弧度，生氣時眉頭緊皺的樣子，但就是沒有辦法觸碰她——這件在普通情侶的眼裡，再簡單不過的事。

「榛榛，你在想什麼？」莫榛莫名的情緒波動引起了阿遙注意，她從籃子邊飄回來，疑惑地看著他。

莫榛沒有回答，只是幾不可見地搖了搖頭。收起眼底情緒，他重新抓了個角度，準備拍張自拍照。

阿遙趕在他按下快門前，再一次迅速地湊了過去，貼著他一起入鏡。

喀嚓一聲，彷彿時間都被這一聲定格。

「哈哈，榛榛我們有合照了！」阿遙說得十分激動，還帶著幾分得意，彷彿相機真的能拍出她一樣。

看了一眼相片，阿遙的入鏡不會影響任何效果，但他還是重新舉起相機，又對著自己拍了一張。

就像阿遙說的，那是他們的合照，這次旅行中唯一的合照。

在空中飛行了一個小時，這場熱氣球之旅終於結束了。落地以後，熱氣球公司還為他們頒發了飛行證書，並且開了香檳來慶祝。

回到飯店，莫榛依然敬業地更新ＦＢ。今天拍的照片比較多，他整理出幾張最滿意的照片拼成長條圖，放在最後面的，是那張沒有阿遙入鏡的自拍照。

此時，陳清揚正在一邊寫文一邊重新整理ＦＢ，她幾乎是在第一時間看見了莫榛更新的內容。

格雷梅，熱氣球，她覺得自己要瘋了！

「莫天王竟然去格雷梅坐了熱氣球！對不起大力，我不該嘲笑妳想坐熱氣球的，嗚嗚。等妳醒了，我們馬上踏著莫天王的足跡去格雷梅好不好？我會為妳包

下最大最漂亮的那個熱氣球！」

她還特地 tag 了黎顏，完全是因為激動過度導致的下意識舉動。可是對有心人來說，這可是一個非常棒的情報。

莫榛揚了揚眉，點進了黎顏的ＦＢ。最近發的一篇文是今年的六月四日，那天是黎顏的畢業典禮。

合照中還站著三個女生，一個是陳清揚，另外兩個莫榛不認識，但大概是黎顏的室友。

四個女生臉上的笑容都一樣燦爛，那是屬於青春特有的純淨和活力。病床上黎顏慘白的臉色驀地浮現在眼前，莫榛抿了抿嘴角，繼續看她之前貼的文。

黎顏不常更新，其中大半是分享水煮檸檬的文章。偶爾她也會放一些自拍照，通常都是她和室友出去聚餐的照片。

看了看她的註冊時間，是去年年初。一年半的時間，她只更新了七十四篇動態，但粉絲數量卻有五百多人。

點進她的好友名單看了看，大多都是同一所學校的同學，而且都是男同學。

呵呵。

莫榛冷笑兩聲，在黎顏的頭像旁邊點了申請好友。

黎顏的大頭貼用的不是自己的照片，而是和水煮檸檬成對的Q版哥斯拉。莫榛盯著頭像看了一陣，覺得那蠢萌的樣子真像阿遙。

申請完好友，莫榛又關心起她都分享了哪些人的貼文。

大多是她的親戚朋友，莫榛看了一圈有些驚訝，她竟然沒有分享過任何明星的消息，不管是國內還國外。

看來她不太追星。莫榛的心情突然有些複雜，難道自己的魅力還不足以引起她興趣？

正在認真考慮要不要找個人破解黎顏的密碼，然後用她的帳號加自己好友。

「榛榛，你又在逛情色網站？」阿遙從陽臺上飄回來，一下就湊到了電腦旁。

莫榛心中一驚，螢幕再次被粗暴地強制闔上。

但是這次阿遙看清楚了，那不是情色網站，而是ＦＢ。她看了莫榛一眼，問道：「你在看誰的ＦＢ啊？該不會是什麼ＡＶ女優吧？」

「……」她不是不追星嗎？為什麼會知道ＡＶ女優？

「不是，妳想太多了。」莫榛從沙發上站了起來，走進浴室。

看著他的背影，阿遙抽了抽嘴角，該不會是剛才看了情色網頁，所以現在去……解決生理需求？

她兩隻眼瞪得圓溜溜的，眨也不眨地盯著廁所門。

等莫榛從廁所裡出來時，她還保持著這個姿勢。

「你這麼快？」

「……」沖個澡需要多久？

這個誤會一直到很久以後才解開，用她的親身經歷。

洗過澡後更加疲倦了，今天早上四點就起床，又在外面玩了一天，莫榛現在只想好好睡覺。

經過這幾天的旅行，他已經可以做到面不改色地和阿遙同睡一張床。反正她也只是浮在床上，又不是真的蓋同一條被子。

阿遙今晚特別安靜，房間裡漸漸只能聽到莫榛輕微的呼吸聲。

不知過了多久，莫榛的聲音突然傳來：「阿遙。」

阿遙正努力地醞釀睡意，聽見聲音，立刻精神抖擻地大聲回答：「在！」她的聲音清脆響亮，反而襯得房間裡越發安靜了。

沉默了一會兒，莫榛終於再度說話：「後天就要回去了。」

清冷的一句話，聽不出有什麼情緒。

阿遙呆呆地望著他的側臉，久久才應了一聲：「嗯。」

她知道，回去就意味著該離開了，這個旅程是莫榛送給她最後的禮物。

天下無不散的宴席，再美的旅程也總有結束的時候。

莫榛始終沒有睜開眼，他怕一睜眼，眼底的情緒就再也掩飾不住。

回程的心情比來時低落不少，阿遙鑽進尾戒後就再也沒有反應。

來接機的是唐強，莫榛出了機場的大門，眼熟的車就停在對面。

本以為自家大明星出去玩一趟，回來時心情應該很好，沒想到臉色比走的時候還難看。

一路上他都沒說話，唐強硬找了幾個話題都得不到回應，便識趣地不再出聲，腳尖猛踩油門，只想快點把這尊大佛送回家。

當莫榛提著行李走進家中時，才發現沙發上坐著一個不速之客。

「師父，你怎麼在這裡？」

他是不是該投訴一下肯斯尼莊園的保全系統？

常心聞言，從沙發上站起，「我來送你的小女鬼回家。」

也許是聽到了師父的聲音，阿遙終於從尾戒裡鑽了出來，「師父，時機這麼快就到了嗎？」

低頭輕笑了一聲，常心再次抬起頭來時，眼裡一片清然。

「到了。」取下阿遙手腕上的鐲子，收進懷裡，「妳閉上眼睛，在我說好以前都不要睜開。」

一人一鬼都微微一愣，雖然料到會分離，但沒料到來得這麼措手不及。

可是他們沒有討價還價的餘地。

「榛榛。」阿遙看著莫榛，眼眶有點濕潤，「我不在了你也要好好吃飯，不然胃又要痛了。」

「……嗯。」

「不要老是欺負唐強，他為了你也是很努力的。」

「……嗯。」

「情色網站還是少逛一點好，對身體不好。」

「……」

「我會想你的。」

莫榛嘴角微抿，良久才點了點頭，「我也會想妳。」

只見常心手上燃起一張黃符，阿遙轉過頭，在火光中閉上了眼。她的身體一點一點變得透明，等黃符燃盡時，她也徹底消失了身影。

這個住了這麼多年的別墅，莫榛第一次覺得它有點空曠。

「想哭就哭吧，我會假裝看不見的。」常心拍了拍他的肩膀，語重心長地道。

莫榛看著阿遙消失的地方，聲音有些低沉：「她回去了嗎？」

「嗯。」常心抬頭看著外面暗沉的天空，淡淡地應了聲，「你就把這個當作……黃粱一夢吧。」

黃粱一夢？

莫榛嘴角扯出一抹笑，如果只是夢，也是最美的一場夢。

第三十七章

甦醒

黎顏醒來時，窗外一片漆黑。她半睜著眼，等視線不再那麼模糊，才看清楚了周圍環境。

白牆、白燈、白窗簾。

空氣中帶著淡淡的消毒水味，這是屬於醫院獨有的氣味。

陳清揚正坐在床邊看小說，黎顏的外公剛探完病離開，這段不怎麼長的時間卻讓他一下子蒼老許多。

「咳咳……」黎顏的聲音很輕，而且說不出地乾啞。

陳清揚拿著書的手一抖，好像聽見了大力的聲音？

下意識地吞了口口水，她緊張地抬起頭，和睜著一雙水汪汪大眼的黎顏對上視線。

嘩啦一聲，手裡的書掉在地上，陳清揚幾乎撲倒在黎顏身上，「大力妳醒了？還是我睡著了？」

「咳……」黎顏又咳了兩聲，聲音比剛才更微弱了，「我想喝水……」

「水！水！」陳清揚站直身體，手忙腳亂地找著水，「不對不對，這種時候應該找醫生，方醫生——！」

她呼喊著方醫生，風一般地跑出了病房。

「……」床上病人表示，先給她喝口水啊……

方醫生來得很迅速，還帶來了一大群護士小姐，幫黎顏做了一連串檢查後，終於如釋重負地道：「病人應該沒大礙了，只是昏迷已久身體虛弱，之後我們會為她進行一次詳細的身體檢查，妳可以通知她的家人了。」

啊，通知家人！

陳清揚跑到走廊上，拿出了電話。

「向向向向向先生，大力她醒了！」幾乎是在電話接通的一瞬間，陳清揚就激動地喊出了這句話。

電話那頭沉默了一陣，接著嘟一聲掛斷了電話。

「……好歹也回句話吧。」打電話的她覺得有點寂寞有點冷。

接著再通知黎顏的家人，陳清揚在最後的最後，才想起要給黎顏倒水。

再次進入病房時，黎顏正死氣沉沉地瞪著天花板。陳清揚抽了抽嘴角，走到

她旁邊，「在醫院這個樣子很不吉利，一不小心就會被當成屍體的。」

無視好友的話，她繼續死氣沉沉地看著天花板。

陳清揚給她倒了杯溫水，餵進她嘴裡後，她才終於結束了這種無聲的抗議，「清揚，我到底怎麼了？」

放下水杯，陳清揚回過頭來瞪她，「妳然還好意思問？妳自己說說，今年都幾歲了，居然還會從樓梯上摔下來！」

黎顏的眉頭動了動。對了，她是從樓梯上摔了下來，只是……

「我睡了多久？」

「半年啦，懶蟲！」

黎顏的嘴角動了動，剛要說話，病房的門就粗魯地被人從外推開，兩人都嚇了一跳。

向雲澤從門口走了進來，風塵僕僕的樣子像是剛結束一場會議。

陳清揚看著氣喘吁吁的男子，意外地道：「向先生，你來得這麼快？」

從她打電話到現在，才過了不到十分鐘。

確實，他是一路飆車到醫院的。不知道闖了多少個紅燈，那顆躁動不已的心在接觸到黎顏清澈的眼神時，總算平靜下來。

「顏顏……」走到床邊，他撥了撥黎顏額前的瀏海，「妳終於醒過來了。」

☽ ☽ ☽

肯斯尼莊園裡，莫榛正在整理旅行的照片，雖然坐了一天飛機的身體已經很疲憊了，他卻一點睡意也沒有。

資料夾一共有十幾G，他有些訝異竟然拍了這麼多照片。那些一路走來的風景，他清楚記得每一張拍攝時的情景，甚至阿遙在那裡做過什麼。

看照片時，莫榛的神情一直淡淡的，好像在翻閱著別人的旅行日誌一般。直到那張他和阿遙的合照出現，放在滑鼠上的手指就像突然被人點了穴，一動也不動。

那張照片，明明應該只有他一個人，現在卻出現了兩個人。

一個貼著的他的頭，笑得傻兮兮的女孩。

她的眉眼、她的嘴角、她的每一個表情，都那麼熟悉。

那是阿遙。

像是猛然想到了什麼，莫榛飛快地關掉照片，一張張查看縮圖。

果然，所有照到阿遙的照片，現在都出現她的身影。逗弄小貓的、欣賞鮮花的、握熱氣球的、微笑的、皺眉的、耍賴的……

每一張照片，她的身影都清晰無比。

莫榛愣愣地盯著電腦，看來只有一個人能解釋這個情況了。

拿起手機，再度撥出了師父的號碼，出乎意料的，這次竟順利接通了。

「什麼事？」師父的聲音帶著濃重的鼻音，好似剛剛從睡夢中醒過來一樣。

「為什麼阿遙在照片上出現了？」莫榛這話問得沒頭沒腦，師父反應了一下，很快就明白過來。

「我沒告訴過你，戴上那個手鐲後照的照片，會在她魂體歸位後顯示出影像嗎？」

「……」還真的沒聽過。

他張了張嘴正想說話，有插播來了，看了一眼螢幕，是向雲澤。

不知道為什麼，他突然不太想看見這三個字。

但最後他還是結束了師父的通話，改接了向雲澤的來電，「什麼事？」

「莫榛，她醒了。」簡短的五個字，即使只聽聲音，莫榛也知道他在笑。

「誰醒了？」

「黎顏。」

黎顏醒了。

莫榛關掉資料夾，又關掉電腦，在沙發上躺下後，才道：「恭喜。」

向雲澤沉默了一下，問道：「你心情不好？」

「不是，只是剛旅行回來有點累。」

「哦。」向雲澤應了一聲，「那你早點休息，過幾天請你吃飯。」

莫榛無聲地笑了一下，沒有回應邀約，而是問道：「你知道她是怎麼從樓梯上摔下去的嗎？」

外。

他沒忘記，自己只能看見枉死之人的靈魂，阿遙會摔下樓梯，應該不是意外。

向雲澤愣了一下，道：「瀟瀟說她踩空了，不小心摔下去的。」

「瀟瀟？」

「黎瀟，黎顏的堂妹。那天剛好是顏顏畢業典禮，她好像喝了點酒，回來的時候不小心從樓梯上摔下去。」

莫榛皺了皺眉，好友不經意間叫出口的暱稱，果然還是很刺耳。

「好吧，她剛醒，你好好照顧她，我先睡了。」越聽心裡越煩躁，說完這句他就掛斷了電話。

電話掛斷後，向雲澤也開始思考這件事到底是不是意外。如果莫榛不問，他可能還不會多想，可是現在，他也覺得事有蹊蹺。

黎顏雖然很少喝酒，但黎家人的酒量很好，她怎麼會因為幾杯啤酒就連樓梯都看不清？

朝病房裡看了一眼，還算寬敞的房間裡擠滿了人，黎媽媽還在抱著她哭，就

連黎爸爸的眼睛都有點紅。黎瀟和陳清揚站在最外圍，向雲澤忍不住多看了黎瀟幾眼。

她的臉色有點蒼白，似乎還帶著幾絲慌張。

一陣吵鬧後，方醫生看不下去地走上前，以病人需要休息為由將所有人都趕出病房。

黎瀟站在原地，回頭看了好幾眼，最後還是被陳清揚拖走的。

越看越可疑。

如果莫榛沒特別點出問題，他可能會覺得黎瀟的反應很正常，但現在卻覺得格外不自然。

可是她為什麼要說謊？在所有兄弟姐妹中，她和黎顏是最親的，所以黎顏才會邀她一起去喝酒……

還沒釐清頭緒，大家已經商議由黎媽媽留下來，其他人回家休息。向雲澤本來也想留下來，可是他被分配到了送陳清揚回家的任務，只能作罷。

回家路上，陳清揚的心情很好，她甚至開始計畫接下來的格雷梅旅行了。

對了，這件事還沒跟大力說，明天一定要告訴她，她絕對會很激動的！

「清揚。」

向雲澤意外正經的口氣嚇了她一跳，她回過頭，不滿地道：「幹、幹嘛突然這麼正經？」

「妳還記得妳們畢業典禮那天晚上，發生了什麼事嗎？」

「啊？」陳清揚不解。

「我總覺得顏顏不會因為喝幾杯啤酒就醉得摔下樓梯。」

陳清揚思索了一下，將當天晚上的情況大致說了出來。

「那天晚上我們唱完歌就去吃燒烤，大家都喝滿多的，可是你知道，大力雖然不太喝酒，但是酒量很好，我們這些室友全都輸她。」她邊說邊慢慢回憶，「那天大力被灌了三杯，但離開時還很清醒，還是她把我們送上計程車的。」

「之後呢？她和黎瀟一起走的？」

「我記得她們說想走路回去，吹吹風醒醒酒，所以才會路過那個百步梯。」

就是在那個百步梯，黎顏摔了下來。

向雲澤應了一聲，專心開車沒再說話。

陳清揚猶豫了一下，還是問道：「你懷疑大力不是自己摔下去的？那天只有她和黎瀟，總不可能是黎瀟推她下去的吧？」真是這樣就太誇張了！比她的小說還誇張！

「明天問顏顏就知道了。」神情不變，向雲澤淡淡地答道。

第三十八章

記憶

「等到三、四月，妳的身體也恢復得差不多了，我們就去格雷梅吧！」陳清揚站在床邊，冷風從開了小縫的窗邊吹進，帶起了她額前的幾縷瀏海。

黎顏坐在病床上活動著手臂，這是方醫生教她的簡易復健法。

「格雷梅？我們不是去過了嗎？」

陳清揚臉上興奮的表情凍結了幾分，雖然大力已經醒了一週，檢查報告也說身體正常，但總覺得大力有些地方不太對勁。

伸出右手，摸了摸好友的額頭，「大力，妳沒發燒吧？」

黎顏撇了撇嘴，撥開她的手，「我總覺得自己好像做了一個很長的夢。」

「夢？」陳清揚眨了眨眼，在床邊坐下，「妳在夢裡去了格雷梅？和誰一起去的？」

「跟誰一起……」仰起頭，黎顏迷茫地回想著。

是誰呢……好像跟誰一起去的啊……

「說到格雷梅，我們家莫天王之前才剛去了格雷梅，還坐了熱氣球耶！」

「莫天王？」

「就是莫榛啊。」提到偶像的名字，陳清揚忍不住笑得更開心了。

黎顏回想了一下，她知道這個名字，記得陳清揚常常提到，據說是個天王巨星，在A市乃至全國都擁有著超高數量的粉絲。

陳清揚也是其中一個。

只是，為什麼聽到這個名字，她覺得有點想哭？

陳清揚還在分享土耳其的風土民情，她安靜地聽著，只是越聽越覺得，這些地方，她都好像都去過似的。

「妳覺得怎麼樣？」說到一個段落，陳清揚將話題拋回給黎顏，自己起身倒水。

水杯裡泡著幾片新鮮檸檬，她順手分了兩片到黎顏的杯子裡。

「妳要嗎？」在自己的杯子倒滿水後，陳清揚舉了舉手裡的熱水壺。

黎顏拿過杯子，搖了搖頭，「不用了，我比較喜歡直接吃。」說完，就拿起一片檸檬，放進嘴裡咬了一口。

陳清揚看得一陣牙酸，她吞了下口水，才道：「大力，妳什麼時候變成莫天

王的腦殘粉的？」

「嗯？」黎顏一邊咬著檸檬，一邊抬眸看了她一眼。

「別裝了，妳敢說妳不是在學高森？」

「高森？」黎顏想了想，「啊，高森是不是《上帝禁區》的男主角？」

「天啊，大力！」陳清揚瞪大了眼，「妳怎麼才摔了一下，現在連《上帝禁區》都知道了？妳不是不喜歡這種電影嗎？」

黎顏啃完手裡的檸檬，順手將一圈薄薄的皮扔進床頭垃圾桶，「不會啊，我覺得滿好看的。」

陳清揚呆愣了兩秒，才問：「妳什麼時候看的？」

「不是跟妳一起看的嗎？」

「……」陳清揚心想，大力果然不太正常！難道是被別的靈魂附身了？

寫小說的人就是容易越想越誇張，她拍了拍自己的額頭，把這個想法拋諸腦後。

「咳咳，來，我們來討論一下妳做了什麼夢。」

黎顏抽了抽嘴角，「我其實也記不清楚了，只是隱隱感覺……應該是個很有趣的夢。」

「有趣的夢……該不會有帥哥……」就在陳清揚想繼續追問時，病房的門被推開了。

來人是向雲澤。

陳清揚連忙起身，曖昧地笑了兩聲，「我不打擾你們了，先回去寫文啦。」她說著就往房外走，經過向雲澤身邊時，還用力地拍了一下他的背。

「咳咳……」這麼豪邁的問好方式，他還需要適應一下。

病房的門關上，向雲澤走到椅子旁坐了下來，「顏顏，今天感覺怎麼樣？」

「我覺得差不多可以出院了。」

聞言，他忍不住輕笑出聲，就知道黎顏待在醫院裡很無聊，「方醫生說還要再觀察一週，而且妳的身體還沒有完全康復。」

黎顏小聲地嘀咕了一句，拿起杯裡的另一片檸檬，默默啃了起來。

看著她的舉動，向雲澤皺了皺眉。

「怎麼了？」黎顏一邊咬著嘴裡的檸檬，一邊含糊不清地問。

「沒什麼。」向雲澤舒展開眉頭，笑了笑道，「只是想到我的一個朋友，他也喜歡這樣吃檸檬。」

「是嗎？」黎顏好奇地眨了眨眼，「你的朋友該不會叫高森吧？」

向雲澤愣了一下，然後忍不住笑了起來，「顏顏，妳也知道高森？妳什麼時候變成莫榛的粉絲了，我怎麼不知道？」

「今天以前不是。」不過從今天開始，她決定當一下這位莫天王的粉絲。

「以前妳不太喜歡追星的……」不著痕跡地丟了一句頗有深意的話，向雲澤笑著換了話題，「對了，顏顏，妳還記得自己是怎麼摔下樓梯的嗎？」

本來之前就想問的，只是那時她才剛醒，身體也很虛弱，就一直忍著沒問。現在見她的精神好了不少，這個壓在心裡許久的問題，必須得解決了。

突然被問到這個，雖然有點疑惑，不過黎顏還是回答了：「記得那天我喝多了，經過百步梯的時候眼睛有些花，一不小心就踩空了。這麼說起來，我好像真的很蠢啊，哈哈～」

她的笑聲清澈，還帶著幾分自嘲。向雲澤坐在一旁看著她笑，沒再繼續追問下去。

既然顏顏不想說，他也不會逼她，只是如果真的不是意外，他一定會查到底。

又在醫院靜養了一週，黎顏終於可以出院了，只是每隔三天就要回醫院做一次復健治療。

回到久違的家，黎顏竟然感動得有些想哭。黎媽媽做了一大桌的菜，全是她愛吃的，就連從不下廚的黎爸爸也親自切了幾根蘿蔔絲，擺成一張笑臉放在盤子正中央。

當然最後這些蘿蔔絲沒有人吃。

吃完飯，黎顏就被趕回房休息。她繞著房間走了兩圈，最後在桌子前坐了下來，打開電腦。

她平常不太上網，比起一直對著電腦，她更喜歡出去跑跑步，或者去外公的道館裡打打教練，欺負欺負新來的學生。

可是今天，她就想上網逛一逛。

「皮皮皮皮皮卡丘！」

簡訊鈴聲響了一下，黎顏拿起手機看了一眼，是陳清揚傳來的。

「大力！莫天王的專輯終於確定發行時間了！二月十四日，送給你最浪漫的情人節禮物——這是凱皇的宣傳語。」

黎顏看了簡訊三遍，發了一個微笑的表情過去。

很快的，簡訊就回傳了——「妳在敷衍我！」

她的手指在螢幕上飛快地移動著，打了一條新的簡訊過去：「下次不會了，我會直接不理妳。」

把手機扔到一邊，撐著下巴想了想，最後點開了瀏覽器，在搜尋欄裡輸入了莫榛兩字。

網頁瞬間跑出上千萬條的結果，她的眼睛在第一頁上看了看，最後點進了莫榛的維基百科。

上面詳細地列出莫榛的個人資訊，只差沒把住址和手機號碼貼上來了。下面還有他的個人介紹和主要作品，興趣愛好也被歸類整理，就是不知道有多少是真的。

漫不經心地看著網頁，目光在學歷上頓了頓。A市第一小學？雲澤哥哥好像也是這間小學的。她又留意了一下就讀時間，發現他們還是同一屆。

難道他們認識？之後去問問看好了。

看完後，關掉這一頁，繼續在搜索結果的頁面上瀏覽。

排在第二個搜尋結果的，是莫榛的FB。

點了進去，她一眼就看到熱氣球的照片。那是最新的一條FB，看了看日期，是半個月前發的，之後他再也沒發過新文章。

前幾條內容全都是旅遊的照片，她這才想起，陳清揚說過他之前去了土耳其，看來這些都是在旅遊時貼的。

點開圖看了看，漫天的熱氣球絢爛得如同白日裡綻開的煙火，她往下看著照片，最底下的，是一張自拍照。

照片上的男人英俊得讓人移不開目光，即使臉上的大墨鏡遮住了半張臉，她

也能想像出他的樣子。

這個人，就是莫榛嗎？

她突然覺得陳清揚喜歡他不是沒道理的。

以前她也曾在電視上看見過莫榛，可是當時不覺得他這麼帥啊。

盯著那張照片看了好久，最後她默默地把網頁滑到最頂端，點了一下申請好友。

莫榛正在看著筆電裡的照片。他特別為阿遙建了一個資料夾，裡面放著的都是照出了她的照片。這半個月來，他每天都忙著錄製專輯，回到家以後，也幾乎把所有時間用在了寫歌上。

可是還是忍不住想起她。

阿遙現在還好嗎？身體恢復得怎麼樣了？抓住那個推她下樓梯的人了嗎？

越想心情越鬱悶，莫榛低聲嘆了口氣，也難怪這段時間唐強一直懷疑他失戀了。

關掉照片，莫榛看到右上角有人申請加好友。

這算是為了粉絲特意經營的帳號，所以只要有人申請好友，基本上他都會同意。

帳號名：是大黎不是大力。

瞳孔微微一縮，莫榛愣愣地看著那個申請好友的粉絲。

阿遙加他好友？

幸福來得太突然，簡直讓人措手不及，莫榛甚至懷疑，是不是在他做夢時，找人駭進阿遙的FB，然後加了自己好友。

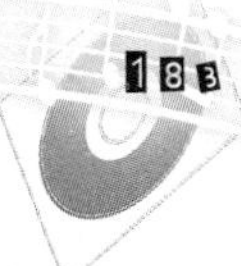

第三十九章
ＦＢ

莫榛盯著那個哥斯拉頭像看了三秒，點進了她的ＦＢ。

黎顏的ＦＢ有更新，而且更新日期還是今天。

「出院了，謝謝大家的關心:)」

下面還附了一張在醫院門口的自拍照。

照片上的人穿著一件淺棕色的牛角釦大衣，圍著一條米白色圍巾，頭髮可能是在住院時被剪了一截，髮尾那一截捲起的小波浪不見了，變成真正的直髮。冬日陽光灑在她身上，讓整張照片看起來暖洋洋的。

只是她的拍照手勢依然是一成不變的Ｖ。

莫榛忍不住笑了一聲，這個傻兮兮的樣子真和阿遙一模一樣。

這條ＦＢ的留言已經有好幾十條了，莫榛點開留言，發現果然大半以上都是男同學對她的噓寒問暖。

呵呵。

莫榛立刻新註冊一個帳號，把畢業學校填上了她之前的大學，然後跟著留了一則回覆。

「出院了就好，好好照顧自己:)」

黎顏疑惑地看著那則留言，這個叫「吃梨子」的人是誰啊？

雖然看介紹是自己的校友，可是這是一個新註冊的帳號耶……

「唔……」思考了一下，反正如果對方是個怪人，再刪除封鎖就好。

她打下回覆：「謝謝！」

至少還叫她好好照顧自己，應該不會是壞人。

而此時，電腦那頭的莫天王已經心花怒放了。

給黎顏的留言雖然有幾十則，但她只回了自己的。

自己果然還是很有魅力，就算是新帳號也掩蓋不了他由內而外散發出來的魅力。

他又重新整理了一次頁面，發現黎顏回覆自己的留言下面，出現了一條新留言。

「顏顏，不要隨便回一些奇怪的人。」

莫榛的嘴角一抽，這個FB他認識，是向雲澤。

真想立刻檢舉向雲澤的帳號！他哪裡奇怪了？他頂多有點可疑而已！

再重新整理一次頁面，黎顏沒有回覆，倒是把陳清揚召喚了出來。

「:)←會用這種笑臉的，通常都是怪叔叔。」

「……」莫榛心想，很好，他要連水煮檸檬一起檢舉。

陳清揚就在完全不知情的情況下，被自己的偶像檢舉了。

莫榛繼續重新整理頁面，直到黎顏的回覆跑出來。

「哈哈，我會小心的～」

彷彿看到本人在自己面前說這句話，莫榛心花都開了。

他起身上了二樓，先洗了個澡，又換了一件白色襯衫，走到鏡子前，準備拍一張好看的自拍照。

正要按下快門，他又放下手機，走到衣櫃前拿出一條黑色領帶，鬆鬆垮垮地繫在脖子上，接著解開了領口的兩顆釦子。對著鏡子裡的自己打量了好幾眼，終於滿意地拍下了照片。

看著照片，莫榛立刻滿意地把它上傳到FB，還附加一段話：「最近一直在忙專輯錄製，主打歌已經寫好了，敬請期待:)」

最後那個笑臉是他故意加上去的，他就是想證明，會發這種笑臉的不止是怪叔叔，也可以是他這樣的美男子。

現在正是上網的尖峰時段，莫榛這則發文在千千萬萬條動態中脫穎而出，成了萬眾矚目的焦點。

「天啊，男神帥爆了！誰來救救我的血槽（哭）」

「有種解釦子，有種脫光啊！」

「半夜發這種性感照是犯罪！已怒舔！」

「你們都只看到照片，只有我留意到那個笑臉嗎？超可愛的～:)」

留意到笑臉的當然不止她一個，因為陳清揚也留意到了。她立刻分享了莫榛的發文，然後發自肺腑地打了一段話：「我要向全世界的怪叔叔道歉，我誤會你們了:)」

莫榛看著發文的分享和留言數一直瘋狂增加，他卻不太開心。

因為黎顏的FB沒有反應。

整整重新整理了二十幾次，她的FB終於有了動靜。

「好帥=3=」

莫榛的嘴角不自覺地揚了起來。目的達到，虛榮心得到極大滿足的某人哼著歌拿起桌上手機，又想拍一張得意的自拍照。看著揚起的嘴角，他突然覺得自己……有點幼稚。

賭氣似地關掉了FB，他倒在沙發上，看著高高的天花板發呆。

黎顏還在逛著網頁，終於發現了海角論壇這個好地方。

海角論壇分了許多類別，黎顏四處看了看，最後還是點進了娛樂八卦。

至少有一半以上的發文是關於莫榛的，黎顏的目光在上面一一掃過，最後在第一頁的最下面發現了一個名叫「尋找貞子」的文章。

榛子她聽過，那是莫榛的粉絲對他的暱稱，可是貞子……難道是七夜怪談的女主角？

她好奇地點進去看了看，內文裡只寫著「如題」兩個字，下面留言的也都是友情推文。

這個貞子到底是誰？為什麼大家都要找她？

滑到頁面最下方，黎顏想要發表回覆，卻發現只有註冊用戶才能回。嘆了一聲，她看著右上角的註冊，不知為什麼地點了旁邊的登入。

順手在用戶名稱裡輸入了「貞子」，可是密碼應該是什麼呢？

123456789，登入成功。

黎顏瞪大了眼，她這是無意間盜了別人的帳號嗎？為什麼她會想要在用戶名上打貞子，甚至連密碼都猜對了？

她再次滑到頁面最下方，不要臉地回覆了一句話。

「你們找我做什麼？：）」

她是那種留完言，也不會等別人回覆的類型。所以留完這句話後，她就關掉了這篇文章，回到首頁。

在她回覆的這段時間，首頁已經又有一篇文章爆紅了。

「深夜福利！請準備好紙巾！」

哇，看起來很刺激的樣子。黎顏眨了眨眼，嚥了下口水，緊張地點進網頁。

這篇就是分享莫榛剛才的發文，再次看到那張自拍照，她還是有一股扒掉他衣服的衝動。為了證明不是只有自己這麼變態，她看向下面的回覆。

「這張照片夠我嘿嘿嘿一年了，一本滿足（猥瑣笑）」

「等等，我要找紙巾擦螢幕。」

「天啊，好想把那件襯衫撕掉！」

「上衣脫掉脫掉！嗷嗚嗚～」

「貞子出現了！還發了和榛子一樣的笑臉！」

突然跳出來的回文讓黎顏一愣，她才想起自己剛才做的好事，有些不放心地回去看了一眼。

大家拚了命地問她這段時間去哪裡了，她到底是不是莫天王的助理。

莫榛的助理？黎顏有點嚇到，原來這個叫貞子的人這麼厲害？她突然覺得壓力有些大，還是不要冒充人家好了。

登出論壇，黎顏洗完澡躺在床上，總覺得心裡有股激動感，至於為什麼激動，她也說不上來。

難道是因為終於出院，所以才激動的？

拿起床頭手機，再次打開FB，發現自己的文章有一則新留言。

「晚安。」

不知道為什麼，簡單的兩個字，卻讓她的心漏跳了一拍。

她看著那個連頭像都沒有的人，在床上翻了個身。這個叫吃梨子的人，究竟是誰呢？

呆呆地握著手機看了三秒，最後回覆道：「晚安。」

☾ ☾ ☾

日子一天天過去，黎顏逐漸好轉起來，去醫院復健的次數減少成一週一次，

而時間，也悄然到了今年的最後一天。

每年的最後一天，總是能讓人變得感性，或是開始思考人生。黎顏也在思考……晚上的聚餐應該吃什麼。

「皮皮皮皮皮卡丘！」

簡訊鈴聲打斷了她的思緒，拿起手機一看，是黎瀟傳來的：「對不起，今天晚上臨時有事，不能去聚餐了。」

黎顏盯著簡訊看了一會兒，才回覆道：「好吧。」

放下手機，她決定晚上乾脆吃火鍋吧。

電視跨年演唱會轉播是大部分人配飯的重點節目，黎顏她們的聚餐也一樣。其他公司的歌手都是應邀出席各地區的跨年活動，凱皇則不同。凱皇會舉辦一個只有自家明星出演的跨年演唱會，門票只在官網上販售，必須被抽中才能買票進場。

陳清揚每年都會報名，然後每年都落選。

今年也不例外。

坐在沙發上看著在電視上唱歌的莫榛，陳清揚第七十八次嘆了口氣，「大力，妳說我是不是被詛咒了？」

「四。」黎顏吞下嘴裡的蝦餃，隨口敷衍了一聲。

陳清揚恨恨地看著她，「大力，妳說妳除了吃，還會什麼？」

「她還會揍人。」回答她的是便便，在國外讀研究所的她剛好回國，幸運地趕上了這次聚餐。

聞言，陳清揚抿了抿嘴，安靜了。大力的外號可不是白叫的，那可是足以徒手拆下寢室門的剽悍少女。

「唉，可惜翠花不能來，所以我就說女人不能那麼早結婚！」便便從鍋裡夾起了千層毛肚，放進自己面前的小碟子裡沾了一下，豪邁地放進嘴裡。

黎顏下意識地咬了咬嘴裡的筷子，同寢室的三個人，結婚的結婚，讀研究所的讀研究所，出書的出書，好像只有她，一事無成。

心裡突然有些傷感，黎顏又咬了一下嘴裡的筷子，舞臺上的莫榛已經唱完了歌，開始倒數了。

陳清揚興奮地跟著他一起倒數，黎顏看著螢幕裡的人，她明明從沒見過他，卻覺得他的眉眼、他的唇角、他的每個表情，好像刻進了記憶裡一樣，熟悉得可怕。

十秒倒數完成，演唱會現場降下了五彩氣球，驚天動地的尖叫聲撲面而來，陳清揚已經快衝進電視裡了。

「新年快樂！」

即使在這種嘈雜的環境下，莫榛的聲音還是清晰地傳了出來。

剛才的陰鬱突然間一掃而空，黎顏看著螢幕，嘴角情不自禁地揚了起來。

新年快樂。

第四十章

表白

新年後的一個月，黎顏一直在家靜養，幾乎不太出門，而陳清揚來玩的次數也明顯減少了，聽說是她的小說要改編電視劇，最近大概都在忙這件事吧。

無所事事地待在家裡，黎顏又登入了貞子的帳號，在論壇上招搖撞騙。

這段時間她查看過貞子的發文紀錄，驚訝地發現她幾乎都是在罵莫榛。為了保持一致，黎顏每次說話時都會注意一下遣詞用句，確保自己看起來夠像貞子。

比如這樣——

「專輯倒數計時，還剩十七天！」

「簽到！」

「簽到！」

「基測倒數計時，還剩一百三十五天，大家的寒假作業做完了嗎:)」

比如這樣——

「《上帝禁區三》的預告片出來了，大家看了嗎！榛子今年絕對會再次拿到影帝！」

「高森的眼神好棒！榛子演技派！」

「看了這兩年上映的電影，沒有一個人能壓過榛子的高森。」

「要是大家是評審委員就好了:)」

還比如這樣——

「happy bathday 的新一季廣告出來了，依然是男神代言，我已經迫不及待地想洗澡了！」

「每次洗澡都覺得身上有男神的味道，好羞恥～」

「雖然男神代言女性沐浴乳感覺怪怪的，但還是好棒啊！你們猜下次還會代言什麼？」

「衛生棉吧:)」

陳清揚怒了，她真想狠狠痛毆貞子一頓！什麼莫榛的助理，打死她也不相信！

而且貞子留言最後的笑臉絕對是在模仿莫榛！

極其憤怒的版主大人親自發了一篇文章，召喚貞子進來。

「有種罵人，有種用本人身分出現啊！開分身算什麼英雄好漢！敢不敢承認自己是莫榛的助理！」

這一連串的驚嘆號讓黎顏覺得熟悉，很像一個人，是誰呢……

不過要她承認自己是莫榛的助理，她還真的不敢。

於是便誠實地回覆道：「不敢:)」

「……」陳清揚無語。

這種一記重拳打在棉花上的感覺，真的非常令人不爽！可是她又不能沿著網路線爬出去，痛快地揍她一頓！

可惡啊啊啊啊！

陳清揚憤怒地摔了滑鼠，三秒鐘後又從地上撿起來，封了貞子的ＩＰ。

黎顏剛點進了另一篇文章，正準備回覆，卻發現自己的回覆框不見了。她反應了一秒，明白自己是被封ＩＰ了。

這樣就被禁言，版主根本神經病！

「皮皮皮皮卡丘！」

黎顏氣呼呼地拿起手機，上面是一條陳清揚發來的簡訊：「這世界上的神經

病真多！」

她點點頭，深以為然地回覆道：「我也覺得。」

兩人的共鳴前所未有地高。

☾ ☾ ☾

進入二月，黎顏最後一次去醫院做例行檢查。從室內出來，她不禁抖了一下。冬天的風颳在臉上有點疼，拉了拉圍巾，把鼻子也遮住後，手機響了起來。

低下頭，在包包裡找了一陣子，掏出手機看：「顏顏，明天晚上有空嗎？我想約妳吃飯。」

她仔細想了想，明天好像沒什麼事，便迅速地回覆了。

向雲澤正拿著手機站在窗邊，神情看起來有些不自然。站在旁邊做實驗的學生朝他的方向看了一眼，疑惑地揚了揚眉，什麼事能讓教授這麼緊張？

嗡嗡——

手機震動了兩下，向雲澤低頭看了一眼，上面只有兩個字：「好哇！」

嘴角情不自禁地揚起一抹笑，他打上時間和地點後，再回傳給黎顏。

黎顏看著向雲澤的簡訊，研究著那個叫凱旋門的地方是哪裡，還沒研究出來，手機就響了起來，是陳清揚打來的。

「清揚，什麼事？」

「大力妳現在在哪裡？」

「醫院，剛檢查完，方醫生說我之後可以不用去了。」

「真的嗎，太好了！妳明天晚上有空嗎？我們出去吃飯！」

她內心冒出疑問，明天是什麼日子，怎麼大家都約她出去吃飯？「剛才雲澤哥哥已經約我吃晚餐了。」

陳清揚沉默了一陣，才問道：「妳知道明天是什麼日子嗎？」

她想了想，道：「莫榛專輯發行的日子。」論壇上天天都在倒數計時，她想不記得都不行。

陳清揚的心情突然有些複雜，「雖然妳記得莫天王發片的日期我很欣慰，可是明天是情人節啊！」

情人節？

她愣了愣，大家都在議論明天莫榛專輯的發行，反而讓她忘了明天是情人節。

「向先生約妳，意圖不軌啊～」陳清揚的尾音拉得很長，意味深長得讓人忍不住多想。

黎顏撇了撇嘴角，反問道：「那妳明天約我，該不會也是想……」

「……再見！」陳清揚立刻掛斷了電話。

拿著手機在醫院門口站了一會兒，剛想把它放進包包，發現上面還有一條向雲澤的簡訊。

他重新發了一次餐廳的名字，是A市一家有名的中式餐廳。只是剛才他為什麼要說那裡是凱旋門？

黎顏收起手機，想著明天再問他原因吧。

隔天，黎顏起了個大早，繞著社區晨跑了半個小時才回家。

回到家時還不到八點，陳清揚已經打了三通電話來。

回撥電話，她沒來得及開口，陳清揚的聲音已經傳了過來：「天啊，大力妳跑去哪裡了？」

「跑步啊，怎麼了？」

「妳現在還有心情跑步！快點過來幫我排隊！」

黎顏花了四十分鐘，才到了好友指定的地點——A市最大的唱片行。那人山人海的陣仗，黎顏快要以為是什麼百貨公司福袋大放送。

好不容易在長長的隊伍中找到了陳清揚，她頭痛地走上前，「這是要幹嘛？」

「買莫天王的專輯啊！前一百名有限量大海報，這些人昨天晚上就來排了。」

「……」黎顏沉默了，追星族的世界她不懂。

「大力妳先幫我占位，我去吃個早餐，順便上廁所！」陳清揚往外跑了幾步，又不放心地折了回來，「九點開門，時間馬上就到了，妳幫我看著，別讓人插隊！我數過了，我們剛好在九十八個！」

黎顏看著黑壓壓的一大片人，呼吸都有些不順了。不是說現在唱片業不景氣嗎，她怎麼完全看不出來？

陳清揚離開沒多久，隊伍就緩緩動了起來。周圍一片尖叫，黎顏還以為莫天王親臨現場了呢。

雖然陳清揚讓她注意別讓人插隊，可有人買好幾張的，她也不知道該怎麼算。看著隊伍越來越近，卻還沒看見好友的影子，她趕緊拿出手機傳簡訊。

「妳跌進馬桶裡了？」

「拉肚子啦，嗚嗚。妳幫我買吧！記得拿海報！」

黎顏撇了撇嘴，這樣奴役她一個大病初癒的病人，簡直是喪心病狂。

靠近收銀檯時，她發現前面幾個人已經沒有限量海報了，剛想把這個壞消息

告訴好友，就聽砰一聲，一朵彩色禮花在自己的頭頂炸開。

「恭喜這位小姐，妳是第一百一十一位顧客，可以獲得本店的特別海報！」

店長說完，四周就一片喧譁。黎顏還搞不清楚狀況，她在論壇裡聽說過特別版海報，好像一共只有十張，每一張都不一樣，會放在十個不同的銷售地，送給誰由店長自行決定。

看來自己成了這個幸運兒，只是一百一十一……

店長的用心好像很險惡啊。

買了兩張專輯，黎顏沒忘記拿走那張特別海報，在一片羨慕嫉妒的目光中笑容滿面地離開了隊伍。

走到路口，黎顏想了想，把那張特別海報裹好放進包包裡，裝作若無其事的樣子等著陳清揚。

幸好今天背的包包夠大。

陳清揚從廁所裡出來時，一眼就看見了裹得跟顆球一樣的黎顏。她小跑著上前，接過黎顏手裡的專輯，笑著問：「海報呢？」

黎顏看著她，表情很無辜，「前面有人買好幾張，店長好像都算進去了，我們前幾個人就沒有海報了。」

「什麼！怎麼能這樣！」陳清揚氣得大叫，「難道不該一人限購一張嗎！我要找他單挑！」

黎顏扯了扯好友的衣角，「妳炸了他們店也沒用，他也不可能變出海報給妳啊。」

「難道就這樣算了嗎？我要抗議！」

黎顏想了想，提議道：「妳可以趁夜深人靜的時候，偷偷去門口砸雞蛋。」

「……」陳清揚心想，雞蛋這麼珍貴，還不如拿來吃呢。

一起吃了午飯，兩人又在外面逛了一下午，黎顏看了看時間，也該去找向雲澤了。

「我要先走了，雲澤哥哥在等我。」

「……」陳清揚在心中翻個白眼，現在是什麼意思，還沒和向先生在一起呢，就開始歧視單身了？

她上下打量了黎顏一眼，嘆著氣搖了搖頭，「大力，妳就這樣出來和向先生約會？不化妝至少也穿得漂亮點吧？」

黎顏揚起燦爛的笑容，「我是走自然美路線。」

「……」陳清揚在內心哭喊，為什麼她講這種話看起來還是不欠打啊啊啊！

☾ ☾ ☾

天下居不算A市最有名的中式餐廳，但一定是最貴的。不過向雲澤會請黎顏來這裡吃飯，當然不是為了炫富，而是因為這裡曾是他的母校。

坐在一樓大廳裡等黎顏的這段時間，不少路過的女性都會多打量他幾眼，不僅是因為他長得帥，更是因為在情人節這種特殊日子，很少會看到一個落單的大帥哥。

門口的女服務生再一次不經意地瞥向坐在沙發上的向雲澤，內心有些澎湃。要是他等的人再不來，她就要自己上了！

一陣冷風吹過，女服務生甚至來不及說「歡迎光臨」，黎顏已經衝到了向雲澤面前，「對不起，我不知道這個時間會塞車。」

氣喘吁吁地說完，她的臉色也因為奔跑而有些紅暈。

向雲澤抬頭看著她，勾了勾嘴角從沙發上站起，「沒關係，時間剛好。」

他訂的包廂在最高的樓層，可以俯瞰A市夜景，黎顏翻看著菜單，那價格實在讓她有點下不了手。

「呃……我要一道酥炸小魚。」這句話簡直用了她全部的力氣，她把菜單轉了方向，遞到向雲澤面前，「還是你點吧，你點什麼我吃什麼。」

向雲澤笑了一聲，接過她手裡的菜單，「妳還真是好養。」不過酥炸小魚……和莫榛的口味似乎有點相似。

黎顏不以為意地咧了咧嘴，她這個人最大的優點就是好養。

點完菜，服務生禮貌地退了出去，包廂裡頓時只剩兩人，向雲澤突然有些手足無措。

他一直都是別人眼裡的花花公子，誰會相信他會在一個女子面前手足無措？

果然還是應該去吃自助餐，至少不會像現在這麼尷尬。只是想到黎顏更喜歡吃中餐，他才訂了這裡的包廂。

「對了，你之前為什麼要說這裡是凱旋門啊？」

黎顏突如其來的發問解了圍，他喝了一口桌上的綠茶，答道：「這裡以前有間雜貨店，為了紀念我和朋友在這裡留下的戰功，特意把這裡稱為凱旋門。」

「戰功？你也會打架嗎？我一直以為你是用嘴說死敵人的類型。」

回想當時的情況，他笑了起來，「我是為了別人而戰。」

黎顏揚了揚眉，得意地道：「我猜一定是個女孩子！」

向雲澤臉上的笑意更深了，「是啊，我追了她好久呢。」

「那她一定長得很漂亮！」

「嗯，很漂亮。」向雲澤想了想莫榛穿女裝的樣子，絕對豔冠群芳。

包廂裡安靜了一會兒，黎顏又像想起什麼似地問道：「說起母校，我那天發現你和莫榛竟然讀同一所小學！」

向雲澤微微一愣，那天莫榛出現在醫院時的情景突然浮現在腦海，他不自覺地皺了皺眉，「妳認識莫榛？」

「他是大明星，誰不認識啊。」好吧，雖然之前她真的不太知道。

「妳不是不追星嗎？」

「清揚是他的腦殘粉，天天在我面前講，今天早上我還幫她去買了莫天王的專輯呢。」

莫榛的專輯？記得好友是說過今天發行沒錯……

房門突然被輕敲兩下，服務生來上菜了。

黎顏激動地看著桌上一道道精緻的菜餚，特別是那道酥炸小魚，看起來很可口。

服務生剛退出去，她立刻夾起一條小魚放進嘴裡，酥到骨頭的小魚，竟讓她有種得償所願的滿足感。

奇怪，她之前明明沒有特別喜歡吃啊，怎麼好像想吃很久似的？

向雲澤看著她的舉動，笑著搖了搖頭。吃起東西來和莫榛一模一樣，可是他們兩個應該沒有交集啊。

當然，自己除外。

等到黎顏吃得差不多了，向雲澤終於準備進入正題。

他喝了一口桌上涼掉的茶，潤了潤喉嚨，才輕咳兩聲，把黎顏的注意力拉到自己身上，「顏顏，我有事想跟妳說。」

「嗯。」黎顏被他嚴肅的態度感染了，下意識地放下筷子。

「就是……」雖然在她昏迷時模擬過很多遍，可是現在對著清醒的本人，他卻怎麼也說不出口。

黎顏心裡突然有些慌，雲澤哥哥該不會是要表白吧！

她讀大學時，也被男生表白過，他們的表情和向雲澤現在一模一樣！

「顏顏，我喜歡妳。」

他還是說出了口，這句深埋在心裡多年的話。

情人節、夜景、晚餐，空氣裡充滿玫瑰花的味道，可是黎顏卻從來沒覺得這麼手足無措過。

沒錯，現在換她手足無措了。

以前向她表白的那些男生，她可以很冷靜地拒絕，可是向雲澤跟他們不一樣，那是看著她長大的雲澤哥哥啊。

「雲澤哥哥……」黎顏的聲音很小，小得自己都快聽不見了，「我一直都把你當成哥哥……」

這個答案向雲澤確實不意外，這麼多年他一直沒說，一方面是因為想等黎顏長大，另一方面，雖然他不想承認，但他知道她一直把他當成大哥哥。

他凝視了黎顏一陣子，才眨了眨眼道：「這就是傳說中的哥哥卡？」

黎顏抿了抿嘴角，低著頭沒有說話。

喜歡一個人和不喜歡一個人都沒有錯，她卻覺得自己像個十惡不赦的大壞人。

特別是她剛剛吃了人家一頓昂貴的晚餐。

向雲澤從椅子上站起，彎下腰，像以前那樣摸了摸她的頭，「好了，我沒事，妳再吃點東西吧。」

黎顏依然埋著腦袋，小聲應了句：「我吃飽了……」

早知道剛才就少吃一點，這樣她的罪惡感就不會這麼重了。

見她這樣，向雲澤也不勉強，直接結了帳帶著她離開餐廳。本想送她回家，可是這種情況下她實在沒辦法坐他的車回去，堅持自己搭計程車。

向雲澤沉默了一瞬，掏出手機打了通電話，很快就有計程車來了。把她送上車後，他看著車尾燈消失在轉角，開車去了酒吧。

⊙　⊙　⊙

莫榛正躺在沙發上聽唐強的電話，他已經口沫橫飛地說了十分鐘，主要就是想說他專輯的銷量有多好。

不需要他通知，自己就已經在娛樂新聞上看到了好嗎。

新簡訊傳來的鈴聲在耳邊響起，莫榛正好趁這個機會結束通話。

簡訊是向雲澤發來的，只有四個字：「我失戀了。」

皺了皺眉，回撥電話過去，卻一直在忙線中。

占線的人是陳清揚，她剛吃完晚飯，就接到了黎顏的電話。黎顏亂七八糟地在電話裡解釋了一通，陳清揚憑著自己強大的理解力，終於聽懂了。

向雲澤跟她表白，但是她拒絕了。

雖然認識大力的這位「雲澤哥哥」是近半年的事，可是在醫院的那些時間足夠讓她瞭解到他對大力的感情。

向雲澤那頭鬧哄哄的，她再怎麼憑藉想像力，也不可能猜出確切地點，對著電話吼了好幾聲，總算是把店名問了出來。

掛斷電話，她招了計程車就往酒吧趕去。還要幫朋友照顧被甩掉的倒楣鬼，自己真是世界第一好朋友。

而莫榛那邊，電話終於通了，卻一直沒人接聽。握著電話，在沙發上坐了一會兒，他決定出門找人。

陳清揚趕到時，向雲澤已經喝掛在吧檯前了。她頓時覺得很憂傷，她不是大力，不能徒手拆寢室的門，更不可能背起一個一百八十幾公分的男人。

在酒保的幫助下，陳清揚終於把人扔進計程車裡。

問題來了，要把他送到哪裡去？

想了老半天，計程車司機臉色越來越難看，她才決定把向雲澤扔去飯店。

到了最近的飯店，陳清揚又在服務人員的幫助下，把他拖進了房間。甩動快斷掉的手臂，她一定要叫大力請她吃頓飯！

拉過床上的被子，剛替向雲澤蓋好，被他扔在床頭的手機就震動了起來。

陳清揚看也沒看，下意識地接起電話：「喂？」

莫榛也一愣，看了一下手機螢幕，的確是向雲澤的號碼沒錯。

「妳是誰？為什麼接雲澤的電話？」

第四十一章

重逢

陳清揚拿著電話，第一反應是聲音真好聽，好像還有點耳熟？第二反應就是，糟糕，她接了向雲澤的電話！

孤男寡女共處一室，最糟的是這個室還是飯店的室，要是傳出去，她的一世清譽就毀了，要怎麼向世人解釋啊！

思考了一秒，她決定不解釋了，直接掛斷電話，然後像扔燙手山芋一樣把電話扔在向雲澤的枕頭旁邊。

在原地甩了兩下手，她又急急忙忙地衝進浴室，用洗手乳洗了三次手，才慢吞吞地從裡面走出來。

向雲澤不知什麼時候起來了，正閉著眼睛靠在床頭。昏黃的床頭燈柔和地打在他微醺的側臉上，領口的釦子因為剛才的拉扯早就不知道掉到哪去了，微微敞開的領口，就連鎖骨都格外清晰。

陳清揚愣在原地，哎呀，沒想到向先生竟然這麼……性感。

她又折回浴室，用冷水洗把臉，讓自己清醒一下。

好險！她差點就中美人計了。

聽到浴室水聲，向雲澤微微睜開眼，朝聲音傳來的方向看去。

陳清揚隨手抹著臉上的水珠，從浴室裡走了出來，見向雲澤正迷茫地看著自己，不自然地扯了扯嘴角：「向先生，你醒了？」

「嗯……」聲音聽起來有些沙啞，他抬起右手，揉了揉太陽穴，「頭有點痛……」

「活該頭痛，誰叫你喝那麼多酒。」不過向雲澤還算酒品好的，一路上都規規矩矩的，也沒大吵大鬧，她最怕會發酒瘋的人了，「對了，剛才有個男人打電話給你，我一時手快，就接了。」

「我知道，他剛才又打了一通給我。」向雲澤說完這話，突然有些緊張地問道，「妳知道他是誰嗎？」

「誰啊？」陳清揚眨了眨眼，好奇地看著他。

向雲澤回望著她，心情有些複雜，要是讓她知道她剛才掛了莫天王的電話，她一定立刻跑去撞牆。

「沒什麼，就一個朋友。」

「哦。」陳清揚意味深長地點了點頭。一個朋友而已，有必要那麼緊張嗎？簡直是侮辱她的智商！她好歹也是寫過偵探小說的人！

可是不是朋友，難道是……戀人？

想起剛才那人的語氣還真有點吃醋的意味……等等等等，剛才那個是個男人啊，她是不是知道了什麼不該知道的東西？

陳清揚覺得她總有一天會被想像力逼瘋。

床頭的向雲澤咳了兩聲，陳清揚走到小桌子旁，倒了杯熱水給他。

盯著手裡的水杯，向雲澤低聲道：「我第一次見到顏顏的時候，她才十三歲，轉眼間她都大學畢業了，時間過得真快。」

陳清揚看著他嘴角那抹淡淡的苦笑，突然有點心酸。她吸了吸鼻子，安慰他道：「你別看大力長得人模人樣的，其實她又笨又蠢，還力大無窮。大學四年，我們寢室的標語一直是『防火、防盜、防大力』。」陳清揚說完，又補充了一句，「對了，她還好吃懶做，每天要吃五頓飯，兩天才洗一次澡！」

向雲澤抬眸看她，忍不住笑了一聲。

「你別笑，我說的都是真的！」陳清揚拍了拍他的肩膀，差點沒把水杯裡的水拍出來，「你知道大力的外公是做什麼的嗎？開道館的啊！她連道館的教練都敢打！」

這件事向雲澤聽說過，不過那些教練哪是和她真打，還不是看她可愛放了不少水。他笑著搖了搖頭，喝了一口杯子裡的水。

那動作落入陳清揚眼裡，突然就跟他們家花斑貓可憐兮兮地縮在角落裡舔水喝的場景重疊了。

心一軟，她抬手摸了摸向雲澤的頭，「小花，你會找到好女孩的。」

「……」向雲澤一愣，小花是誰？

順完向雲澤的毛，陳清揚就拿起扔在沙發上的包包，轉身往外走，「小花，既然你沒事，我就先走了。」

所以說小花是誰啊！

「等等。」他放下水杯，叫住了正欲離開的陳清揚。

「還有什麼事？」

「既然都跟我來飯店開房間了，妳不做點什麼再走嗎？」

「神經病啊！」陳清揚羞憤地踹了電視櫃一腳，然後嗷一聲叫了出來，一瘸一拐地跑出了房間。

看著她落荒而逃的背影，向雲澤忍不住大笑起來，還是這麼好逗弄啊。

陳清揚聽著身後傳來的誇張笑聲，恨不得回去掐死他。她是哪裡有毛病才特地跑到酒吧去找他，應該讓他在酒吧裡醉生夢死啊！

「妳的雲澤哥哥沒事了！下次見到他，記得叫他給我房間費用！」

看著好友剛發來的簡訊，黎顏眨了眨眼，房間費用是……？

她突然有點擔心向雲澤的貞操，想起每次陳清揚對著莫榛海報流口水的樣子，就知道她有多可怕。

等等……說起海報，今天店長送給她的特別海報，她還沒打開看過呢。從包裡翻出海報，小心翼翼地展開。莫榛的五官漸漸出現在眼前，接著是脖子、鎖骨、胸膛、腹肌……等等，是腹肌！

天啊，這居然是張半、裸、照！

照片裡的莫榛像是剛剛出浴，漆黑的頭髮還帶著些許水氣，柔順的瀏海服貼額前，遮住了半瞇的雙眼。上身的白色襯衫微微敞開，一顆釦子都沒扣，低腰緊身牛仔褲勾勒出雙腿完美的線條。

黎顏差點一口血噴在海報上，沒想到莫天王……這麼開放！

「哈哈哈哈哈～」她抱著海報在床上打滾，準確無誤地停在電腦前。

這種時候必須上網ＰＯ文炫耀一下！

為了不暴露身分，黎顏選擇貼在海角論壇，打開首頁她才發現，原來到這裡炫耀的不止她一個。

其餘九個拿到特別海報的人全都發文了，另外有人特地開了一個主題，尋找剩下的那張特別海報。

黎顏一一點進去看，每張海報都不一樣，不過其餘的九張都很正常，連釦子都沒少扣一顆。

她心裡小花朵朵開，點進了那個尋找海報的文章，裡面分享了莫榛半個小時前發的文──十張特別海報裡有一張是特別福利，想要拿到必須先補充節操:)

基於大家覺得已經出現的九張海報都不能算特別福利，所以遲遲未露面的第十張海報呼聲越來越大。

在千呼萬喚中，黎顏終於發好了文。

集齊十張海報可以召喚莫天王嗎？請叫我節操小天使：）

「天啊！居然是貞子！」

「不對，我是一樓，我重說！天啊！居然是裸照！」

「貞子妳為什麼可以拿到這張海報（哭）」

「沒有露點，扣分！以及貞子我要和妳決鬥！」

「這絕對有問題！貞子妳說，妳是不是利用了工作之便，偷偷拿走海報！」

「版主大大快來封貞子ＩＰ！」

陳清揚正盯著電腦螢幕，雙眼冒火。這人到底走什麼運啊！她連前一百張的限量海報都沒搶到，貞子竟然能拿到唯一一張裸照！

黎顏還在繼續得意，卻發現那個可愛的回覆框又不見了。

版主，不可以濫用權力啊，嗚嗚。

憤怒地登出論壇，拿出莫榛的專輯CD放進電腦裡。戴上耳機，黎顏翻看著歌詞本，耳機裡正在播放的是專輯的主打歌〈幽靈小姐〉。

「我存在於此，只為了將妳轉瞬即逝的笑容永遠刻印在眼中。」

這是寫在歌詞前的一句話，配合著歌曲溫柔的曲調，竟讓她有點想哭。即使不懂音樂，她也知道莫榛唱得很好，這首歌雖然舒緩，音域卻很高，他的高音處理得很好，而且還帶著一絲性感。

黎顏看著歌詞，上面寫道：「作詞／作曲：莫榛」。當最後一個音符落下時，她的眼淚唰地掉了下來。

眼淚滴落在歌詞本上，剛好打濕了最後一句歌詞。

「妳是我眼中永不褪色的風景畫。」

拿起桌邊的衛生紙擦了擦鼻涕，她也不知道自己為什麼要哭，只是好喜歡好喜歡這首歌。

她手腳並用地爬上床，閉上眼睛開始重複播放這首歌。

莫棒的這張專輯賣得很好，蟬聯各大排行榜第一名一個多月還沒有下來的趨勢，由莫棒親自作詞作曲的主打歌，更是獲得了各界一致好評。

這首歌不僅寫得好，唱起來也很有難度，一躍成為KTV中最難唱的十首歌曲之一。可是雖然難唱，它依然屹立在點歌榜的榜首。

比如現在，陳清揚剛唱完，氣喘吁吁地把麥克風交給黎顏，「大力，妳知道我今天為什麼這麼高興嗎！」

黎顏看了她一眼，道：「雲澤哥哥把房間費用給妳了？」

陳清揚抽了抽嘴角，不要哪壺不開提哪壺好嗎！「我之前不是跟妳說，我的小說要改編電視劇了嗎？現在已經談成了，明天就要簽約了！」

黎顏一愣，然後捶了她一拳，「清揚妳太棒了，恭喜妳！」

陳清揚揉了揉被捶得生疼的肩膀，堅強道：「最重要的是，妳知道是哪家公司買了電視劇版權嗎？」

「不知道。」

「凱皇！」

凱皇的大樓位於市中心，每天都有成千上萬的粉絲來這裡朝聖。陳清揚以前也是她們中的一分子，但是她今天卻帶著黎顏，光明正大地踏進了凱皇！

「大力，妳說等一下要是遇到莫天王，我該用什麼姿勢打招呼啊？」陳清揚今天盛裝打扮了一番，為了壯大聲勢，還硬拉著好友來陪她簽約。

黎顏朝陳清揚的背影翻了個白眼，剛想說句「妳遇不到」，工作人員就出來接待了。跟著工作人員走進電梯，黎顏突然肚子有點……痛。

電梯門一開，黎顏就飛奔著去找廁所，工作人員甚至來不及說──妳走錯方向了……

黎顏跑過走廊，才發現這間公司很大，她抓住一個從身邊小跑過去的工作人

員，急急忙忙道：「對不起，請問一下……」

「妳是來面試的吧？」工作人員比她更急，「怎麼現在才來，都快要遲到了！」說完，就一把拉住黎顏，進了隔壁的房間。

整個過程太快，等黎顏反應過來，她已經被推進小房間裡了。

房裡擺著一張長桌，旁邊坐著兩個男人，一個西裝革履，臉圓圓的看起來很好捏；另一個穿著格子襯衫，最引人注目的，是他臉上的大墨鏡。

黎顏的心咯噔一下，這個人怎麼有種莫名的帥氣感啊！

「哈哈哈。」黎顏對著兩人很有節奏地笑了三聲，「那個……」

「先自我介紹吧。」右邊的西裝男打斷了她的話。

「……」她只是想問問廁所在哪，還要先自我介紹？

大公司就是不一樣。

第四十二章

真相

「我叫黎顏，今年二十二歲，畢業於A市師範大學中文系……」黎顏完全狀況外，但是為了能早點投向廁所的懷抱，她還是聽話地自我介紹。

反正自己只是不小心被拉進來的，應該很快就可以結束。

莫榛坐在唐強的右邊，自始至終都沒聽進去黎顏在說什麼，只看見那張小嘴不停地一張一合。

她的髮尾又變回了他熟悉的小捲度，看來她很喜歡這個髮型；臉色比上次在醫院見到時好了不知多少倍，還因為剛才的奔跑泛著紅潤的光澤，彷彿一掐就會冒出水；長長的睫毛微微顫動，眼神依然清澈如水，似乎能讓整個世界都沉靜下來。

他已經好久，沒有這麼近地看過她了。

在今天以前，他就算做夢也想不到，她竟然會出現在這裡。

一旁的唐強聽完黎顏的介紹後微微蹙起眉。人事部怎麼搞的？這次幫莫榛找助理，最基本的兩個條件就是——有相關工作經驗、有熟人介紹。

這個女孩子不僅沒有熟人介紹，就連工作經驗都是一片空白，到底是怎麼混進來的？

起初他以為是莫榛的粉絲藉機混進來，可是就他目前判斷，這個女孩子並不像莫榛的狂熱粉絲。何況他只是對外說徵助理，並沒有說是誰的助理。

側頭看了一眼旁邊的莫榛，見他完全沒有要說話的意思，唐強尷尬地咳了兩聲，轉過頭來看著黎顏，「妳說妳去年六月畢業，到現在都快一年了，怎麼沒有工作？」

本來想隨便找個理由把這女孩子打發出去，但莫榛沒說話，他也不好直接讓人家離開。何況這次特意讓莫榛來參加面試，就是為了讓他親自把關，要是再遇到小熙一樣的變態，就不能怪到自己頭上了。

下次莫榛又想辭退助理時，他就可以理直氣壯地說：「人可是你自己挑的！」

想想就覺得開心。

黎顏聽唐強這麼問，愣了愣才道：「因為我之前生病了，前段時間才好。不過你放心，我得的不是傳染病，不會傳染給你們的！」

唐強抽了抽嘴角，「那妳現在身體情況怎麼樣？」

「非常好！立刻去從軍都沒問題！」

唐強又咳了兩聲，接著問道：「妳會做飯嗎？」

「會！」反正他只問會不會，沒問做得好不好吃。

「會開車嗎？」

「會！」大一暑假她和清揚一起考了駕照，只是這麼多年來從沒開過！

黎顏期待地看著他，自己這麼優秀，應該能夠爭取到上廁所的名額了吧？

唐強又看了莫榛一眼，見他還是沒有說話的意思，只好回過頭來對黎顏道：「那我簡單說一下妳的工作職責和福利待遇。莫榛一年到頭都很忙，妳主要就是跟著他去片場幫他打點雜務，有時還要負責開車和做飯，不用隨時隨地跟著。他收工妳就可以收工，當然他臨時有事交代妳去做的情況除外。會有三個月試用期，通過後會根據妳的表現調整薪水。」

黎顏徹底傻了。這是什麼情況？不是爭取上廁所的名額嗎？怎麼轉眼就成了爭取莫榛助理的名額？

唐強見她沒說話，又繼續道：「當然每行都有每行的規矩，公司會和妳簽訂保密協定，妳不能把任何有關莫榛的資訊以任何方式洩漏出去，否則公司有權追究到底。另外，妳是莫榛助理這件事，也不能告訴自己的親朋好友。」

黎顏吞了口唾沫，爸爸媽媽，我好像加入了什麼不得了的組織！

「有問題嗎？」

黎顏乖乖地搖了搖頭。

「那好，妳回去等消息吧，不管錄不錄取，我們都會在三天後通知。」

「哦。」黎顏從座位上站起，走了兩步後又轉頭道，「對了，我學過武術的，如果莫榛遇到危險，我還能保護他！」

唐強看著黎顏纖細的四肢，沉默了。這個時候的他，還不懂什麼叫人不可貌相。

走到門口，黎顏打開房門，又回過頭問：「廁所在哪？」

「……出門後右轉。」

「多謝！」剛從房間裡出來，正想直奔廁所，又被剛才的那個工作人員拉住

了。剛剛因為太匆忙，她直接放黎顏進去，個人資訊還沒填。

黎顏填完表，輕飄飄地朝廁所的方向去了。

工作人員拿起黎顏的資料看了看，臉頓時黑了一半，她是誰啊？根本不是他們約好來面試的人啊。

她彷彿能聽到唐哥的咆哮聲了。

此時和莫榛留在小房間裡的唐強，正在詢問他的意見：「你覺得怎麼樣？」

「就她了。」莫榛終於摘下了臉上墨鏡，喝了一口杯裡的水。

唐強有些意外，他以為經過小熙的事，莫榛不會再請女助理。剛才那個叫黎顏的，是今天來面試的五個人中唯一一個女孩子。

沉默了一下，他又道：「她沒有相關工作經驗，也沒有熟人介紹。」

「我信得過她。」

簡單的五個字，卻在唐強的心裡掀起了千層浪。他抿了抿唇，看著莫榛，「認識的人？」

莫榛沒有回話，只是沉默地盯著黎顏剛剛坐過的椅子。

「好吧，那就試試吧。」在莫榛面前，唐強永遠只能妥協。何況現在是幫他找助理，他喜歡才是最重要的，否則三天兩頭換助理大家都不得安寧。

「我接下來恐怕沒那麼多時間陪你了，你自己和助理磨合吧。」唐強拍了拍他的肩，從椅子上站起。要不是因為之後太忙，也不會自找麻煩地幫自家大明星找助理。

莫榛摸了摸桌上的水杯，淡淡地應了一聲：「嗯。」

等黎顏上完廁所，陳清揚已經在電梯前等得不耐煩了。見她慢悠悠地往這邊走，陳清揚怒氣沖沖地走上前，「大力妳掉進馬桶裡嗎？我合約都簽完了！」

黎顏看著她，語重心長地道：「清揚，在這裡說話優雅點，莫天王隨時可能會聽到。」

陳清揚一驚，連忙改口：「顏顏，妳怎麼去了那麼久，是不是肚子痛？」

「……」她幹嘛非要噁心自己呢？

嘆了口氣，黎顏拍著好友的肩膀道：「清揚，果然還是粗魯更適合妳。」

「……」陳清揚都不知道該笑還是該哭了。

不過黎顏的話倒是提醒了她，好不容易來凱皇，還沒見到莫天王，怎麼能離開呢？她對著電梯的金屬門照了照，問身後的黎顏道：「大力，我還好看嗎？」

黎顏抽了抽嘴角，「還是不要說了吧，說出來傷感情。」

「……」她以前怎麼沒發現大力的嘴這麼壞！

氣呼呼地走在走廊上，陳清揚名義上在找廁所，實則在等待偶遇莫天王。看著走廊上掛著的莫榛海報，她的心也跟著飛揚起來，「大力，妳說怎樣才能把這個男人變成我的呢？」

黎顏想了想，道：「變成韓國人，全世界都是妳的歐巴！」

「……」她和大力已經不能溝通了。

在走廊上晃了十分鐘，黎顏終於拖著陳清揚離開了凱皇。臨走前，陳清揚還跟凱皇大樓拍了張合照，發上了ＦＢ。

「《沉睡的小二郎》成功簽下電視劇啦！我也是踏進過凱皇大門的人，哈哈哈哈！」

陳清揚這條FB發出沒多久，就得到了讀者的熱烈回應。

「檸檬檸檬，有沒有遇到莫天王！」

「哪個人演男主角啊？希望是莫天王～」

「可惜莫天王不演電視劇，so sad。」

莫榛逛FB的時候也看到了這則發文。《沉睡的小二郎》？看名字他就不會演好嗎！不過這的確解釋了黎顏為什麼會出現在凱皇。

「哈哈哈哈哈。」脆生生的女聲突然出現在耳邊，莫榛皺了皺眉，他確定這個休息室裡只有他一個人。

不過鬼就不一定了。

「莫天王，好久不見呀。」飄飄出現在半空中，朝他揮了揮手。

莫榛不耐地看著她，「妳怎麼還沒去投胎？」

飄飄誇張地嘆了口氣，「唉，真是新人領進門，媒人扔過牆啊。」

「什麼意思？」莫榛瞇了瞇眼，問道。

捂著嘴呵呵一笑，飄飄那摸樣還真有幾分媒婆的樣子，「你以為原本要面試的人為什麼沒來？還不是因為我困住了她。」攤了攤手，她無奈地道，「還有啊，你那個福利版的特別海報，我可是想盡辦法地送到小貓咪手上去囉～她還貼在床頭呢，真是可愛。」

莫榛愣了愣，他之前在論壇上看見過貞子的發文，本以為是有人冒名頂替，原來真的是阿遙？

他看著飄飄，警戒地問：「妳為什麼要這樣做？」

「因為我是好人啊。」飄飄驕傲地昂起頭，「等你和小貓咪在一起，我就可以功德圓滿，轉世投胎去了。」

和阿遙在一起？莫榛的眸光動了動，之前和向雲澤通電話時，就聽說黎顏拒絕了他，否則這次他也不會這麼乾脆地讓黎顏當自己的助理。

只是，他們能在一起嗎？

飄飄看他一臉糾結的樣子，賊賊地落在地上，「別怪我沒提醒你，小貓咪可是金牛座的。」

金牛座?那又怎樣?

飄飄一臉「你還不懂嗎」的表情,「金牛座最大的特點是什麼?」

莫榛想了想,「好吃懶做?嗜錢如命?」

「最容易被美人計拐啊!」

莫天王陷入了沉思。

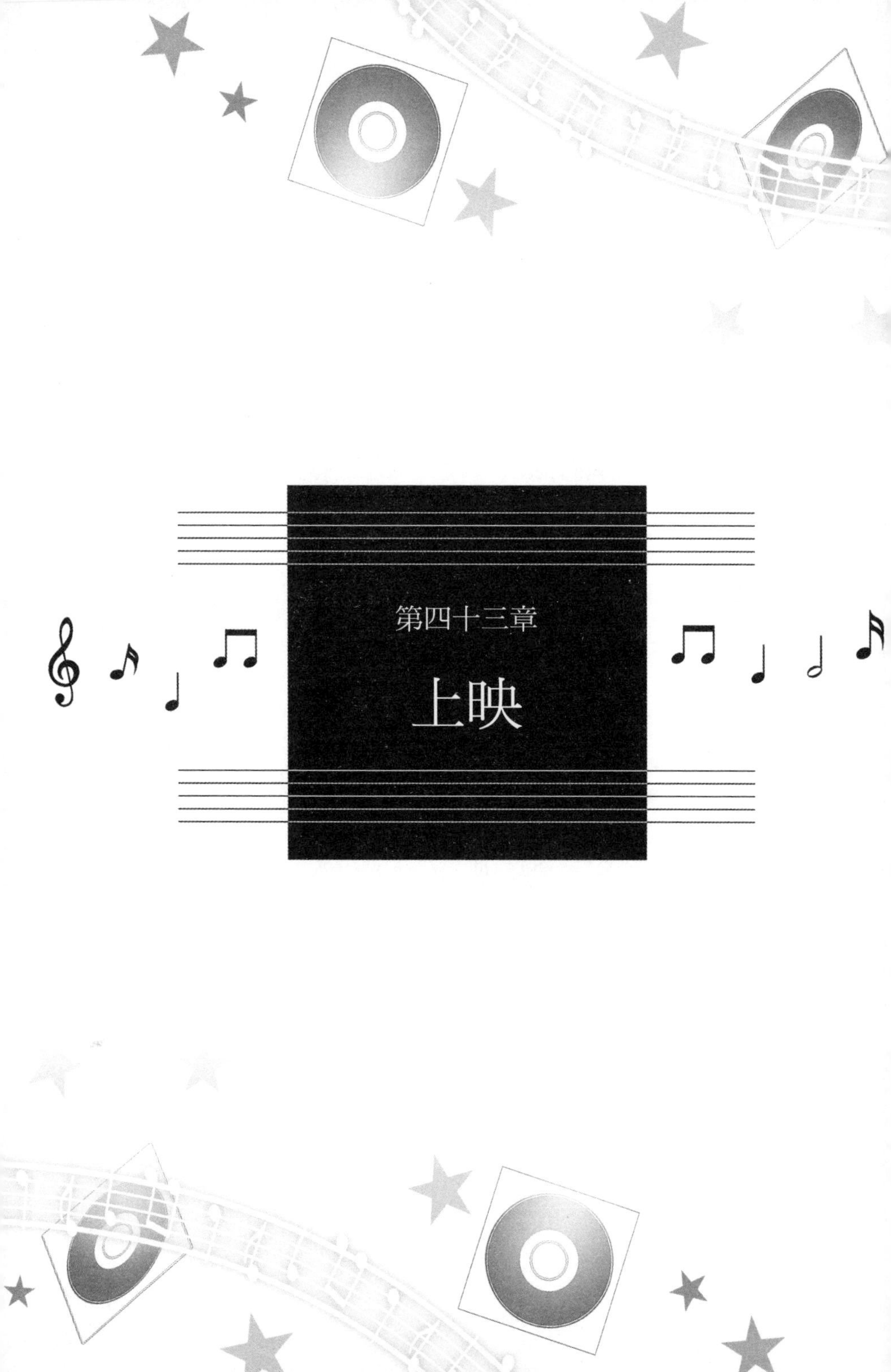

第四十三章

上映

指標指向十的時候，黎顏還在對著床頭的海報發呆。

人生實在是太奇妙了，前不久她還在大排長隊，只為了買這個人的一張專輯，現在她卻要成為他的助理了！

嗯，前提是公司肯用她的話。

就算不瞭解演藝圈，她也知道這個工作不是人人都能做的。明星喜歡讓自己的親戚朋友來當助理，因為自己人比較容易信得過。

她……

算了，不想了，就算沒通過，也算是為之後的面試增加經驗吧。

「顏顏，怎麼還沒睡？」黎媽媽端著一盤切好的水果，推開房門走了進來，「都十點了，妳現在的身體不能熬夜，吃了水果就早點睡。」

「知道了。」

黎顏回頭對她笑了笑，心裡又不免有些擔心。萬一公司瞎了眼，真的錄用她，爸爸媽媽會同意她去工作嗎？

雖然她不是從小在父母的溺愛中長大的，但是經過這次受傷，全家人都把她當陶瓷娃娃一樣供起來，一點勞累事都不讓她做，就連道館裡的教練，和她過招都越來越放水了。

黎媽媽放下盤子，又叮囑了句早點睡，才走了出去。

黎顏戳起一片蘋果咬了一口，覺得還是等公司真的瞎了眼後再來煩惱這件事。

從衣櫃裡拿出睡衣，黎顏自然而然地開始換衣服。只是這種自然在看見床頭的那張海報時，變得有些不自然。

對著莫天王的海報脫衣服真是害羞，特別是他的眼睛還一動不動地盯著自己。

「討厭！」黎顏捂著臉笑了兩聲，抱著睡衣進了浴室。

出來時，她換上了格子睡衣，在床上躺下，準備再看一下FB。

手機上有一條未讀簡訊，是陳清揚兩分鐘前發來的。黎顏點開看了看，是約她後天去電影院看電影。

《上帝禁區三》後天正式上映，這段時間無論是電視還是網路，密集度最高

的一條新聞就是這個消息。論壇上更是熱鬧得不得了，還有許多後援團決定組團去看。

黎顏覺得，既然馬上就要成為莫榛的助理，她的確該去瞭解一下老闆的工作情況。於是她積極地回應了：「清揚我們後天早點起來，去電影院搶位子！」

四月十三日，《上帝禁區三》全國上映。

黎顏本以為她和陳清揚已經來得夠早了，可是她還是低估了莫榛的魅力。電影院被擠得水泄不通，就像看電影不要錢一樣，連帶著旁邊的小攤販生意都好了起來。

陳清揚吃著烤羊肉串，對身旁的黎顏道：「妳說這些人在這擠有什麼用？沒票還不是進不去？」邊說還邊得意地晃了晃手裡的兩張票，「還是妳雲澤哥哥有辦法，竟然能弄到兩張ＶＩＰ票。」

黎顏按住她得意的手，吞下了嘴裡的果汁，「低調一點啦，待會有人來搶的話，妳可別哭啊。」

「搶劫？要是有人敢來，妳就讓她嘗嘗鐵砂掌的厲害！」

「……」

她現在只想裝作不認識這個人。

不過看著電影票，她覺得有點失落。自從情人節過後，她就再也沒見過向雲澤了，這次的兩張票，還是他拿給陳清揚的。

他是不是還在生自己的氣？

黎顏一直有些擔心，只是他不聯絡自己，她也不好意思主動聯絡。

「行了，別想了。」陳清揚用手肘頂了頂身旁的好友，「妳的雲澤哥哥精神好得很，活蹦亂跳的。」

見黎顏沉默地拿起一根棒棒腿啃了起來，沒有說話，她也拿起一根棒棒腿繼續道：「我聽他說最近有個案子在忙，他忙完就會聯絡妳的。」

「嗯。」黎顏拿濕紙巾擦了擦手，「時間快要到了，我們走吧。」

VIP票是在一個特別放映廳，兩人藉著昏暗的燈光找到座位後，就專心地盯著大螢幕……看廣告。

看了一會兒珠寶首飾的廣告後，電影院的燈突然一黑，換來全場觀眾激動的驚呼。螢幕黑了一下，然後開始播放《上帝禁區》的介紹片。

回顧了一下電影前兩部的劇情，雖然粉絲們都看過了，但每次高森出場時，都會有觀眾尖叫，陳清揚就是其中一個。

「大力大力！終於又在大螢幕裡見到高森了，我激動得熱淚盈眶啊！」

黎顏默默地吸著果汁，不想理她。

大約過了五分鐘，正片終於開始，這次觀眾的尖叫尤為熱情，陳清揚甚至抓著黎顏的手搖了起來。

螢幕裡白茫茫的一片，混沌得彷彿天地初開。沒多久中間位置出現了一個黃點，鏡頭拉近才看出是一顆檸檬。檸檬晃了兩下，沿著斜面滾了下去，被一隻修長白皙的手接住。

鏡頭拉遠，一個穿著白袍的男人出現，用手術刀將檸檬切成兩半，男人隨手拿起一半咬了一口，推開實驗室的門，抬腳走了出去。

實驗室裡到處是精密儀器，每個角落都有忙碌的實驗人員，男人氣定神閒的樣子似乎和這一切格格不入。

螢幕上跳出了一行小字，剛好落在男人旁邊：主演莫榛。

從莫榛出現開始，放映廳裡的尖叫聲就沒停過，黎顏終於徹底理解到腦殘粉的威力。

一直到電影開演後好幾分鐘，觀眾才漸漸冷靜下來。

黎顏一直坐在位置上靜靜看著，卻越看越覺得，情節怎麼那麼眼熟，好像她以前看過？

把這個疑惑說給陳清揚聽，對方只賞她了一個白眼，「怎麼？難道妳穿越了嗎？」

黎顏無語，只好努力回想。

然而直到電影結束，她也沒回憶出個頭緒來。

「黑化的高森也帥爆了！」陳清揚跟著人潮從電影院裡出來，顯然還沒有從

高森的美色裡解放。

剛剛的劇情中，高森的一個助手無意中發現了感染過病毒的屍體，結果被高森毫不猶豫地滅了口。角色性格的強烈反轉，帶給觀眾極大的衝擊。

《上帝禁區》系列的導演曾在採訪中透露，高森這個角色並不是救世主，也可能是來自地獄的修羅。

「大力怎麼辦，我好想為高森生孩子！」

黎顏的嘴角抽了抽，沒有回話。她越想越覺得，她看過《上帝禁區三》，特別是剛才高森殺死助手的情節，竟有種記憶猶新的感覺。

兩人走到電影院外，找了家小吃店坐下，陳清揚雀躍地跑去點菜，黎顏則坐在椅子上負責占位。包包裡的手機震動了一下，她拿出來一看，是個陌生號碼傳來的簡訊。

她疑惑地眨了眨眼，點開了簡訊。

「黎小姐您好，恭喜您通過了凱皇的面試，請於明天上午十點帶上您的身分證和六張一吋大頭照，到九樓人事部辦理到職手續。」

黎顏又眨了眨眼，這該不會是誰的惡作劇吧？

可是除了她自己，沒人知道她去凱皇面試呀！

沒想到……凱皇公司挑人的喜好這麼奇妙！

陳清揚點完菜，見好友愣愣地坐在位置上，忍不住敲了敲她的腦袋，「怎麼了大力？餓傻了？」

黎顏看著她，欲言又止。

「到底怎麼了？」陳清揚拉開椅子，在她對面坐了下來。

黎顏想了想，雖然她不想瞞著清揚，但那天面試的人說不能告訴別人。何況……要是清揚知道她要去當莫榛的助理，絕對會立刻掐死她。

「沒什麼。」

黎顏搖了搖頭，決定讓這事成為永遠的祕密。

陳清揚見她不說，沒再追問，而是換了一個話題：「對了，妳現在身體好得差不多，我的小說也簽出去了，我們可以去格雷梅坐熱氣球了！」

格雷梅？黎顏看著陳清揚，終於心虛了，「清揚，我可能去不了……」

「為什麼？」說好的要踏著莫天王的足跡呢！

「我找到工作了……」

陳清揚愣了愣，「妳什麼時候找到的？」

「前幾天。因為之前沒確定，我就沒告訴妳，剛才他們傳簡訊來，叫我明天報到。」

這次陳清揚比上次愣得更久，然後才拍了拍桌子道：「這是好事啊，旅遊以後再去就好啦！對了，是什麼工作？」

「嗯……網站的編輯。」

她們是中文系的，當然得找文字相關的工作。既然清揚當了作者，那她就當編輯吧。

陳清揚點了點頭，這個工作大力應該可以勝任，只是……

「妳家裡同意了嗎？」

大力大病初癒，看得出來她家人還都心驚膽戰的，恐怕不會這麼快就讓她出去工作。

黎顏也在煩惱這個問題。那天面試是個意外，她根本來不及跟家裡商量。這段時間為了照顧她，媽媽幾乎把所有工作都搬回家來做，爸爸也取消了出差，留在家裡陪她。

要讓他們同意自己出去工作，恐怕有點難。

看來，還得先搞定外公才行。

——《早安，幽靈小姐02》完

高寶書版集團
gobooks.com.tw

輕世代 FW174

早安，幽靈小姐02

作　　者　水果布丁
繪　　者　arico
編　　輯　林思妤
校　　對　林紓平
美術編輯　彭裕芳
排　　版　彭立瑋
企　　劃　陳煒翰

發 行 人　朱凱蕾
出　　版　英屬維京群島商高寶國際有限公司臺灣分公司
　　　　　Global Group Holdings, Ltd.
地　　址　臺北市內湖區洲子街88號3樓
網　　址　www.gobooks.com.tw
電　　話　(02) 27992788
電　　郵　readers@gobooks.com.tw（讀者服務部）
　　　　　pr@gobooks.com.tw（公關諮詢部）
傳　　真　出版部　(02) 27990909　行銷部 (02) 27993088
郵政劃撥　19394552
戶　　名　英屬維京群島商高寶國際有限公司臺灣分公司
發　　行　希代多媒體書版股份有限公司/Printed in Taiwan
初版日期　2016年1月

國家圖書館出版品預行編目(CIP)資料

早安，幽靈小姐 / 水果布丁著.-- 初版. -- 臺北市：高寶國際, 2016.01-
冊；　公分. --

ISBN 978-986-361-241-4(第2冊：平裝)

857.7　　104020054

三日月書版

三日月書版

GOBOOKS
& SITAK
GROUP©

GOBOOKS
& SITAK
GROUP©